LES FEMMES AUX CHEVEUX COURTS

Dessinateur de formation, auteur de nombreux courts métrages et films publicitaires, Patrice Leconte rencontre le succès en 1977 avec *Les Bronzés*. Sa carrière de réalisateur et de scénariste compte à ce jour plus de trente-cinq films parmi lesquels *Le Mari de la coiffeuse*, *Monsieur Hire*, *La Fille sur le pont* ou *Ridicule*, œuvres tout aussi appréciées de la critique que du public. *Les Femmes aux cheveux courts* est son premier roman.

PATRICE LECONTE

Les Femmes
aux cheveux courts

ROMAN

ALBIN MICHEL

ISBN : 978-2-253-13327-8 – 1re publication LGF

Je m'appelle Thomas, je suis un chic type, je travaille dans une papeterie, j'ai vingt-sept ans, j'aime
les femmes aux cheveux courts.

Et il me reste un peu moins de trois ans pour
trouver la femme de ma vie.

1

Je m'appelle Thomas, je suis un chic type

J'aime bien mon prénom. Pourtant, à l'école, et ensuite au lycée, on n'a jamais manqué de m'appeler « Thomas la tomate », vu que je rougissais pour un rien. Contrariété, timidité, tout était bon pour m'empourprer, n'importe où, n'importe quand, wagon de métro, boulangerie, guichet de poste, affronter le regard des autres devenait un supplice, difficile de rester pâle dans ces conditions, c'était spectaculaire : les oreilles tout d'abord, puis, en quelques secondes, le visage, les joues bien sûr, mais le nez aussi, très rouge, pour ainsi dire clignotant, comme un clown. Je n'ai pas souvenir d'avoir rougi en étant seul, ce qui prouve bien qu'on ne rougit que parce que les autres nous regardent.

Après l'alerte, mon visage redevenait d'une teinte normale, mais les oreilles restaient écarlates encore très longtemps, comme par inertie, et je pense avoir passé la moitié de ma vie avec les oreilles rouges (je n'aime pas le froid, mais l'hiver est malgré tout une saison sympathique, qui autorise les oreilles rouges sans crainte des moqueries).

« Ne t'inquiète pas, me disait ma mère, c'est parce que tu es d'une très grande sensibilité, et ça, mon petit Tom, c'est la plus grande des qualités. »

Elle, ma mère, ne m'a jamais appelé « Thomas la tomate » (alors que mon père ou ma sœur ne s'en privaient pas, ma sœur surtout, car les sœurs sont chipies et les pères volontiers moqueurs), mais elle ne m'a jamais appelé Thomas non plus, pour elle j'étais son petit Tom, même quand j'ai eu seize ans et que je la dépassais d'une tête, on se demande pourquoi les parents vous donnent à la naissance un prénom si c'est pour ne pas s'en servir ensuite.

Le plus curieux, dans ces moments trop fréquents d'empourprement, c'est que ça ne m'a jamais fait perdre mes moyens. La plupart des timides se mettent à bredouiller quand ils rougissent. Moi pas. Je fais face. J'assume. Je m'en fous. Je garde la tête haute. Je peux prendre la parole en public, pour dire un petit compliment en fin de repas par exemple, à l'occasion d'un anniversaire ou d'un mariage, aussi rouge qu'une voiture de course italienne, mais sans pour autant buter sur les mots, malgré l'envie folle de disparaître sous la nappe. Enfin, quand je dis « j'assume », je devrais dire « j'ai fini par assumer », parce que, au début, c'est-à- dire quand j'étais enfant, je n'assumais rien du tout. Ce n'est qu'après la puberté que j'ai pris mon parti de ces rougissements intempestifs, lorsqu'une amie de ma mère auprès de qui je m'excusais pour mon embrasement soudain m'a dit que non, au contraire, c'était charmant. Je me suis donc fait à l'idée que rougir était charmant. À quatorze ans, oui, peut-être. Mais à bientôt trente ans, c'est carrément chiant. Est-ce que l'on peut continuer à rougir à quarante, cinquante, soixante ans, est-ce que les vieux rougissent ? J'ai du mal à le croire : on n'a jamais vu un homme âgé rougir, un vieux monsieur reste blême, sans doute parce qu'il y a moins de sang qui circule dans ses joues, ou parce qu'il est revenu de beaucoup de choses et que les émotions ne l'atteignent plus autant qu'avant, enfin on verra bien, je n'en suis pas encore là, et pour l'instant je fais avec, il faut dire que je n'ai pas le choix.

Je n'ai pas eu une éducation religieuse fracassante, mais je sais que Thomas, c'est celui « qui ne croit que ce qu'il voit », l'incrédule parfait, le genre de type à qui on ne la fait pas, alors que je suis tout le contraire, j'aime bien croire à ce que je ne vois pas, imaginer que les rêveries et la vraie vie ne sont pas des mondes imperméables, bref je ne suis pas le Thomas idéal. Mais peu importe, en gros j'aime bien mon prénom. De toute façon c'est trop tard pour en changer, et je suis sûr que ça aurait fait de la peine à mes parents si je leur avais dit que, tout compte fait, je ne voulais plus m'appeler Thomas :

— Papa, maman, je vous aime beaucoup, on s'entend bien, la vie est belle avec vous, vous êtes souvent amusants et volontiers rieurs, je ne manque pas de tendresse, les repas sont parfaits, rien à dire, mais franchement, mon prénom, vous auriez pu trouver autre chose.

En plein milieu d'un déjeuner dominical, ça aurait fait l'effet d'une bombe. Maman se serait à moitié étranglée avec un os de poulet, qu'elle aurait fini par recracher dans son assiette, effarée.

— Et tu as attendu seize ans pour nous dire ça ?!! Regarde dans quel état tu mets ton père !

Mon père en effet aurait pâli d'un coup, aussi vite blanc que je pouvais devenir rouge, chacun sa couleur.

— Qu'est-ce que tu trouves à redire à « Thomas », Thomas ? T'as mieux à proposer ?

— Pendant que t'y es, tu veux peut-être aussi que ta sœur Francine s'appelle autrement que Francine ?…

J'aurais regardé ma sœur muette, ma mère en larmes, mon père repoussant son assiette, car tout ça lui aurait coupé l'appétit, et j'aurais alors mis les deux mains en avant en signe de paix, un grand sourire plaqué sur le visage.

— OK, OK, c'était juste pour vous taquiner, j'aime beaucoup mon prénom, je n'en veux pas d'autre, je vous jure que c'était pour rire.

Je vois ma sœur faire pfff, ma mère sécher ses yeux avec sa serviette de table, mon père ramener à lui son assiette, l'appétit revenu illico.

— Ah, ben j'aime mieux ça, on y a cru à ta blague. Pour nous taquiner ? C'est réussi. À partir de maintenant, on t'appellera « saint Thomas Taquin » !

Et nous rions très fort tous les quatre, et maman se lève pour aller chercher le dessert, et je débarrasse les assiettes, et maman se met sur la pointe des pieds pour m'embrasser, « mon petit Tom », et elle rapporte le fraisier, que nous aimons tous, malgré son côté hebdomadaire répétitif, et la fin du repas se passe dans la bonne humeur, et tout le monde est content, et papa se sert même un verre de calvados, c'est dire si l'ambiance est bonne.

Fin de l'incident, qui n'a jamais eu lieu et n'aurait jamais pu avoir lieu, vu que je n'aime pas faire de la peine aux gens, et encore moins à mes parents. C'est à cause de cela que je pense être un chic type, le chic type étant d'ailleurs assez proche du gentil garçon, parfois même du parfait crétin, voire du brave con. C'est du reste curieux de constater comme l'appellation « gentil garçon » peut attirer les sarcasmes. Ce matin, par exemple, j'étais avec mon ami André, on marchait sur le boulevard, je ramasse et rends à une maman la tétine que son bébé avait perdue, un peu plus loin c'est un gant égaré sur le trottoir que je pose sur le rebord d'une fenêtre, des fois que son propriétaire, constatant la disparition, ne refasse le chemin à l'envers, puis, quelques minutes plus tard, je donne cinq euros à un mendiant espagnol, dont on se demandait ce qu'il faisait là, et André, que je sentais prêt à intervenir depuis un moment, finit par laisser tomber :

— Tu t'achètes une place au paradis ?

Je n'ai rien trouvé à répondre, faut dire que c'était pas très finaud comme remarque, André m'a lancé un sourire en coin qui voulait dire « je me fous de ta gueule, mais en fait je t'admire, et en plus je t'aime bien ». Et c'est vrai qu'on se moque facilement des gens trop gentils, mais que dans le fond on aimerait bien être comme eux. Et ça me plaît d'imaginer que l'on puisse dire de moi « il a de la chance d'être comme il est ».

Ma sœur Francine n'est pas aussi « officiellement gentille » que moi, faut dire que c'est une fille, ma cadette de surcroît, donc elle fait parfois son intéressante, pour qu'on la remarque, pour exister, alors qu'elle existe très bien comme ça, mais c'est de son âge, ça lui passera comme on dit, en fait elle a bon fond, on doit tenir ça de maman, qui est une femme dont on a toujours dit qu'elle avait le cœur sur la main.

Mais assez parlé de ma famille.

2

Je travaille dans une papeterie

Lorsqu'une jeune employée est embauchée dans une pâtisserie, les patrons lui disent qu'elle peut manger autant de gâteaux qu'elle veut, alors l'employée se vautre aussitôt dans les sucreries, financiers, croissants aux amandes, fraises Tagada et choux à la crème, résultat elle se tape une indigestion carabinée, du coup elle ne peut plus voir un éclair au chocolat en peinture sans avoir un début de nausée, mais ça finit par s'arranger, et elle devient une employée modèle qui ne touche plus jamais à la marchandise. Il paraît que ça se passe comme ça dans les pâtisseries.

Quand je suis devenu vendeur à la papeterie Le Stylo de Vénus, la patronne, madame Capliet, m'a tenu pratiquement les mêmes propos.

— Pourquoi voulez-vous travailler dans mon magasin, jeune homme ?

— Eh bien, parce que j'ai vu votre écriteau dans la vitrine : « On recherche vendeur », alors voilà, je suis entré, et dès que j'ai poussé la porte, j'ai senti

15

que j'étais en train de vivre un tournant important de ma vie.

Elle a ouvert des yeux ronds et gourmands.

— Ça par exemple ! Un tournant important de votre vie ?…

Le magasin était vaste, à cette heure-là il n'y avait pas un client, et les trois vendeuses, inactives donc, se sont approchées progressivement pour m'écouter. Normalement, à ce moment précis, j'aurais dû commencer à rougir, et puis non, pas du tout, une sorte de miracle, le mot semble exagéré et en fait non, parce que c'était vraiment miraculeux, pas l'ombre d'une roseur de bout d'oreille, comme si répondre à la question de madame Capliet était une chose tellement évidente pour moi qu'il n'était pas question que je m'empourpre. En tout cas, c'est le visage clair et placide que j'ai répondu :

— Voyez-vous, madame, la papeterie est un monde magique que je connais mieux qu'aucun autre, les articles de bureau n'ont pas de secret pour moi, avoir entre les mains une enveloppe de la bonne dimension me procure une joie intense, comme tailler très pointu un crayon HB sans que la mine se casse, ou essayer des encres de couleurs différentes, faire glisser un feutre neuf sur une feuille vierge, ouvrir l'emballage d'une ramette de papier machine, choisir la couleur idéale d'une chemise à soufflets et élastiques, décapuchonner un nouveau stylo et me laisser hypnotiser par la douceur de sa plume en or, ou encore…

J'ai marqué un temps, pour voir si l'on m'écoutait, si j'étais convaincant, ou bien si l'on se moquait. Mais non, pas l'ombre d'une moquerie sur ces quatre visages attentifs, les vendeuses souriaient, un peu ahuries m'a-t-il semblé, alors qu'il n'y avait pas de quoi, franchement, qu'y a-t-il d'ahurissant à avoir du goût pour la papeterie ?

— Ou encore ? a fait madame Capliet.

— Eh bien, tout, tout ça, tout ce qui est ici... je pourrais vous parler de papier, de formats, de stylos, jusqu'à ce soir, jusqu'à demain, parce que depuis toujours je...,

— C'est parfait, me coupe-t-elle, n'en dites pas plus, je vous engage, quand pouvez-vous commencer ?

— Eh bien, quand vous voulez, plus libre que moi vous trouverez pas.

— Très bien, alors demain. En attendant, vous pouvez rester dans le magasin, pour vous familiariser avec l'endroit, faire connaissance avec les rayons, et par la même occasion avec nous quatre, car comme vous pouvez le constater, vous serez le seul homme dans un univers de femmes (soit dit en passant, ça nous fera le plus grand bien, ça nous évitera de ressasser nos histoires de filles), ça ne vous effraie pas, au moins ?

— Non, pas du tout, madame, au contraire, j'ai toujours aimé la compagnie des femmes.

(«J'ai toujours aimé la compagnie des femmes»..., ce qu'il faut être crétin pour dire une chose pareille, devant quatre femmes, dont trois jeunes, surtout quand on sait que l'on rougit pour

17

un oui ou pour un non ; ça n'a pas raté, empourprement léger, je l'avais bien cherché, mais de courte durée, et de peu d'amplitude, qui a dû être perçu comme le fameux culot des timides, ce culot qui a bon dos mais qui, présentement, me sauvait la mise, sinon la face.)

— Alors, vous allez être servi, voici de gauche à droite Yvette, Louise et Sandrine. Quant à moi, je suis madame Capliet, mais il faut m'appeler Arlette, qui est un prénom grotesque, je suis d'accord, mais je n'y peux rien, on ne choisit pas, n'est-ce pas ?

J'étais pour lui dire que moi aussi j'avais eu quelques soucis et doutes à propos de mon prénom à moi, mais je me suis abstenu, pensant que plus tard, si jamais l'occasion se présentait, il serait bien temps de faire état desdits doutes. Elle me tendit une main franche et généreuse.

— Bienvenue au Stylo de Vénus !

Cette poignée de main devait avoir valeur de lettre d'engagement, nous n'avons pas évoqué les conditions ni les horaires, mais tout cela m'était égal, c'était un des plus beaux jours de ma vie. D'autant que madame Capliet, que j'avais encore un peu de mal à appeler Arlette, mais il faudra bien que je m'y fasse, madame Capliet avait ajouté, comme si nous avions été dans une pâtisserie :

— Et surtout, Thomas, si vous voulez tester un nouveau stylo, vérifier la souplesse d'une plume, essayer un taille-crayon, ouvrir les agendas, que sais-je, ne vous gênez pas, j'aime quand un vendeur sait de quoi il parle, je vous interdis donc de mettre votre passion en sommeil, on est d'accord ?

— On est d'accord, madame Capliet.

— Arlette.

— On est d'accord, Arlette.

Et, dans les jours, les mois, les années, qui suivirent, je n'ai jamais eu la moindre indigestion papetière, ni même le plus petit début de lassitude, ni ressenti un éventuel parfum de routine ou de découragement, non, j'étais heureux au Stylo de Vénus, et je ne pouvais pas imaginer une vie plus douce que celle-ci.

Quand je pense que mon père voulait que je reprenne son cabinet vétérinaire... Je comprends, les pères veulent toujours que leurs enfants s'emparent un jour du flambeau qu'ils ont allumé. Mais franchement, faire des années et des années d'études pour savoir soigner boas, aras, mygales, poissons rouges, hamsters, vaches, perruches, chevaux, lapins, caniches et chats, en fait surtout caniches et chats, merci bien, très peu pour moi. D'autant que je n'aime pas vraiment les animaux, et d'ailleurs ils le sentent, lorsque je vais chez des gens et qu'il y a un chien, à tous les coups il est pour moi, truffe humide, gueule baveuse, haleine épouvantable, jusqu'à ce que son maître le ramène à lui en prononçant un nom idiot, Rex, Pitou, Ramsès ou Dalida, et en ne manquant jamais d'ajouter « N'ayez pas peur, il n'est pas méchant ». Pour leur maître, les chiens ne sont jamais méchants.

Arlette Capliet n'a pas de chien. C'est une femme bien.

Mais assez parlé des animaux.

Et de la papeterie.

Pour l'instant du moins.

3

J'aime les femmes aux cheveux courts

Depuis toujours. Ça ne s'explique pas. C'est comme ça. Les femmes aux cheveux courts me chavirent, me passionnent, m'enchantent, me troublent, m'émeuvent, me touchent, m'attirent, me bouleversent. Après des années d'observation attentive, j'ai fini par décider une fois pour toutes que les femmes aux cheveux courts étaient plus belles que les autres. Je dis les femmes, mais je peux dire aussi les fillettes, les adolescentes, les jeunes femmes, les mamans, ou les femmes d'un certain âge. Dans une salle de théâtre, dans la rue, dans une foule, une réception, une plage, un grand magasin, sur un quai de gare, dans un restaurant, un aéroport, une piscine municipale, de loin, dans la brume, même dans le noir, n'importe où, je repère toujours les femmes aux cheveux courts, c'est comme une aimantation, une fascination, un bonheur.

Il y a de très jolies filles qui ont des cheveux longs, je dis pas, j'en ai connu, je suis même parfois sorti avec, mais au fond de moi-même je suis sûr qu'elles auraient été plus belles encore si elles avaient eu le culot d'avoir les cheveux courts. Car c'est bien une question de culot. Oui : de culot.

— Comment ça, une question de culot ? me demande André, qui n'a jamais rien compris à cette passion capillaire, mais n'en reste pas moins mon meilleur ami.

— Parfaitement. Une femme qui se coupe les cheveux très court est une femme qui s'assume et n'a pas besoin de s'encombrer d'un illusoire attribut de la féminité pour se sentir femme. Je me comprends.

— Mais si ça lui plaît à elle d'avoir les cheveux longs ?

— Ça la regarde. Ça n'est pas mon goût. Point.

— Et si c'est du goût de son homme ?

— Ça le regarde, lui. Chacun voit midi à sa porte.

— Tu veux que je te dise ?

— Non.

— Je te le dis quand même : tu es sectaire et intolérant.

— Moi ? Pas du tout. Quelle est ta couleur préférée ?

— Je ne sais pas…

— Mais si, il y a forcément une couleur que tu préfères !

— Heu… bon : le bleu.

— Bien. Est-ce que tu vas pour autant mépriser les gens qui préfèrent l'orange ? Non. Eh bien, c'est pareil. Ce n'est pas une question de sectarisme ou d'intolérance, c'est une pure question de goût, ça ne se raisonne pas, et ça ne se discute pas non plus, c'est comme ça, ni toi ni moi n'y pouvons rien : les femmes aux cheveux courts sont plus belles que les autres. Mieux dans leur peau. Plus drôles. Plus intelligentes. Plus lumineuses. Et je peux te le prouver quand tu veux.

— Je t'écoute.

— Non : suis-moi.

On était lundi, c'est pour ça que je ne travaillais pas, Le Stylo de Vénus étant fermé le lundi, je jette un coup d'œil à ma montre, je laisse le montant de nos consommations sur la table du café où nous étions, je me lève et file d'un pas rapide sur le boulevard, suivi d'André qui ne comprend rien, il faut dire qu'André est gentil mais qu'il ne comprend pas grand-chose tant qu'il n'a pas vu de ses yeux vu, en fait c'est lui qui aurait dû s'appeler Thomas.

On arrive devant une grande bâtisse, le collège Raymond-Quelque-Chose, il est quatre heures moins dix, on s'assied sur un banc, sur le terre-plein, juste en face de la sortie.

— Qu'est-ce qu'on fait là ? s'inquiète André.

— On attend. Et dans dix minutes, tu vas bien être obligé de reconnaître que j'ai raison.

— Me dis pas qu'on fait la sortie des écoles ? Ça peut coûter très cher, tu sais…

Levage d'yeux au ciel, haussement d'épaules.

— Chut. Plus que neuf minutes.

En effet, neuf minutes plus tard, la sonnerie de fin des cours drelindrelinait sous le préau, les portes du collège s'ouvraient, et un joyeux troupeau

d'ados, lescents et lescentes, se répandait sur le trottoir.

— Regarde, j'ai dit à André.

— Regarde quoi ?

— Les filles : elles ont toutes les cheveux longs,
parce qu'elles sont encore à l'âge auquel elles ont
besoin de prouver, et surtout de *se* prouver, qu'elles
sont déjà des femmes, qu'elles en ont en tout cas
l'apparence, les accessoires, et donc les cheveux
longs.

— Tu es sûr de ce que tu dis ?

— Sûr. T'as qu'à regarder comment elles se com-
portent avec les garçons : et que je te tortille des
fesses, et que je te minaude, et que je te prends
des pauses de starlette en allumant ma Chester-
field, des oies, des dindes, des pintades, toute une
basse-cour qui passe une heure dans la salle de
bains rien que pour se laver les cheveux et les
sécher, sans parler du budget démêlants : un
gouffre.

— Admettons. Et ça prouve quoi ?

— Pour l'instant, rien. Mais si tu regardes un
peu mieux, tu vas apercevoir là, sur le côté, deux
filles jolies comme des cœurs, acidulées, différentes, minces, rigolotes, qui comme par hasard
sont copines, mais c'est pas un hasard, puisqu'elles
sont les seules de tout ce petit troupeau à avoir les
cheveux courts. Est-ce qu'elles ne sont pas largement plus jolies que toutes les autres réunies ?

André regarde, compare, est bien obligé d'admettre :

— C'est vrai qu'elles sont jolies.

— Et regarde aussi comment elles sont avec les garçons. Est-ce qu'elles tortillent ? Est-ce qu'elles minaudent ? Pas une seconde. Elles n'ont pas besoin de ça pour qu'on les remarque et qu'on les aime. Si nous étions encore collégiens, dans ce collège-là, je te flanque mon billet que nous ferions tout pour sortir moi avec l'une, toi avec l'autre. J'ai pas raison ?

— Si.

André était vaincu. Convaincu.

— En plus, t'as vu comment elles sont habillées, ce sont pratiquement les seules qui ne portent pas de jean, si ça c'est pas un signe de singularité !... Et comme par hasard aussi, les garçons qui rient avec elles sont largement les moins tartes de tous, du moins les plus marrants. Je parie qu'en plus elles sont intelligentes, savent mettre les professeurs dans leur poche, ont de bonnes notes et qu'elles vont avoir leur bac à dix-sept ans. Elles partent. On les suit ?

Pensant que je proposais sérieusement une filature de mineures, André a bondi sur le banc, me prenant pour le diable, s'éloignant de l'enfer, et surtout redoutant la correctionnelle.

Je l'ai rejoint en souriant, ce qui signifiait que je me foutais un peu de sa gueule, et nous avons remonté le boulevard, côte à côte, direction le café que nous avions quitté quinze minutes plus tôt, André silencieux, perdu dans ses pensées, troublé par la démonstration, et sélectionnant les passantes que nous rencontrions pour vérifier si ma théorie tenait le coup, et elle tenait très bien le coup, grâce à une femme magnifique croisée sur le trottoir, une femme avec une coupe très courte d'une simplicité admirable, une femme dont on aurait pu tomber amoureux là, tout de suite, et puis, cerise qui fit déborder le vase, la photo d'une actrice américaine en affiche pour une ligne de cosmétiques, elle aussi avec les cheveux courts, bien entendu, déjà qu'elle était belle, là, elle était magnifique.

Arrivés au café, nous nous sommes assis à notre table restée inoccupée, nous avons commandé la même chose, ou plutôt non, André s'est ravisé, il a commandé une vodka, pour se remettre les idées en place, qu'il a dit, ce qui prouvait bien qu'il était largement tourneboulé par tout ça. J'ai commandé moi aussi une vodka, pour fêter ma démonstration, et nous avons levé nos verres translucides.

— À notre santé, a dit André.

— Non, j'ai fait : à la santé des femmes aux cheveux courts !

Si je venais souvent dans ce café-là, c'est sans doute parce qu'il était dans le quartier, et que dans un quartier on prend vite des habitudes, mais aussi (et surtout) parce que depuis quelque temps y travaillait une serveuse, grande, légèrement hautaine, des allures d'échassier, le visage anguleux, d'origine russe je crois bien, et les cheveux ultra-courts. Cette jeune femme n'était pas belle à proprement parler, du moins pas comme une beauté classique, mais justement c'est ce qui me troublait chez elle. Je ne me lassais pas de la regarder, sans trop d'insistance bien sûr, mais elle m'avait vite repéré et me souriait souvent. Au moment même où nous levions nos verres à la santé des femmes aux cheveux courts, cette serveuse russe, dont je savais qu'elle s'appelait Olga, arrivait pour prendre son service. Sourires. Disparition dans les arrières de l'établissement. Puis réapparition en tenue de travail, pantalon noir, veste courte légèrement cintrée, chemise blanche, dont les trois premiers boutons ouverts laissaient entrevoir, à l'occasion, la naissance de sa poitrine menue. Un chef-d'œuvre. Elle s'approche de nous, constate que nous buvons de la vodka à 16 h 30, ce qui, franchement, n'était pas dans nos habitudes.

— Vous fêtez quelque chose ? demande Olga, amusée.

— Oui, mais je ne sais pas si je peux vous dire quoi…

— Dites toujours.

— Nous buvons à la santé des femmes aux cheveux courts, je dis, triomphant.

— C'est original (ah, cette manière de rouler très légèrement les *r*…), c'est un peu comme si vous buvez à mon santé.

— Un peu, oui.

— Je suis très flatteuse, alors.

— « Flattée », « je suis très flattée »…

— Oui, excusez-moi : « flattée »… Mais vraiment c'est trop dur, votre langue français.

Elle est partie, vers d'autres tables où des clients lui faisaient signe, André était perplexe, et moi sous le charme.

— Qu'est-ce t'en dis ?

— C'est vrai qu'elle manque pas d'allure… Tu la connais depuis longtemps ?

— Je la connais pas, je sais juste qu'elle s'appelle Olga, qu'elle travaille ici depuis deux mois, et depuis qu'elle est arrivée, il m'est pratiquement impossible de fréquenter un autre café que celui-ci.

— Il y a quand même quelque chose qui me chiffonne : cette Russe, là, Olga, on peut pas dire qu'elle ait beaucoup de poitrine.

— Les grosses poitrines n'ont jamais été mon obsession.

— Elle est habillée comme un homme.

— Oui, ça lui va bien.

— Donc limite androgyne, tu es d'accord ?

— Si tu veux.

Il boit une gorgée de vodka et laisse tomber :

— Eh bien, je me demande si ta passion pour les femmes aux cheveux courts ne serait pas en fait le révélateur des tendances homosexuelles qui sommeillent en toi.

Il ponctue cette trouvaille, qu'il imagine fracassante, d'une nouvelle gorgée, qui cette fois liquide son verre, et me regarde dans les yeux, avec une ombre de sourire ironique, attendant de voir comment je vais réagir.

— Oui. Tu vas être déçu, mais tu ne m'apprends rien : je me suis souvent posé la question. Tu as sûrement raison. Et alors, on fait quoi ?

— Heu… je ne sais pas… rien, bredouille André en perdant pied.

— Tu as peur que je te saute dessus ?

Rire forcé d'André, qui fait très bien le rire forcé quand il ne sait plus quoi répondre, il me demande si je veux un autre verre, non merci, déjà que un à cette heure ça me fait tout drôle, et nous n'avons plus jamais abordé le sujet. C'est souvent comme ça avec André : il n'insiste pas. C'est pour cela qu'il est mon ami. Pas de rancune, pas d'embrouille, tout est clair, tout est net. Moi, pareil.

4

Un peu moins de trois ans pour

J'ai donc vingt-sept ans, depuis pas très long-temps, et je me suis fixé un but : rencontrer la femme de ma vie avant d'avoir trente ans. Il me reste donc un peu moins de trois ans. J'y arriverai. Quand je me fixe un but, je m'y tiens toujours. Sinon, j'ai l'impression d'être une merde.

Par exemple, décider que pendant une semaine je ne vais pas utiliser les ascenseurs, et monter descendre tous les étages à pied, c'est un but. Et une fois que j'ai décidé un objectif comme celui-là, je ne peux plus revenir en arrière. D'ailleurs, je ne reviens jamais en arrière. Sous peine d'être une merde, comme je disais.

Ne pas rentrer chez moi tant que je n'ai pas croisé cinq femmes avec des poussettes. M'en tenir à deux cigarettes par jour. N'ouvrir que le robinet d'eau froide de la douche le lundi matin. Ne pas dire putain une seule fois de la journée. Ce sont des buts. Rencontrer la femme de ma vie, c'est pareil. C'est un but. Plus intéressant, d'accord, mais pareil. À partir du moment où c'est décidé, rien ne peut me faire changer d'idée. Je ne discute jamais, surtout avec moi-même, je ne me cherche pas d'arrangement ou d'excuse foireuse : un but est un but. Point.

— Quand me donneras-tu un petit-fils ? me demande ma mère au cours de l'incontournable et plaisant déjeuner du dimanche.

— Quand j'aurai trouvé la maman, maman.

— Mais laisse-le donc tranquille avec ça, murmure, par habitude, le vétérinaire, mon père.

— Non, non, maman a raison, c'est important, et je vous annonce que je vais me marier.

— Ah bon, s'étrangle ma mère, quand ça ?

— Dans trois ans.

— Et avec qui ? glousse, perfide, ma sœur Francine.

— Je ne sais pas encore. Je commence à chercher demain.

— Et tu vas mettre trois ans pour trouver la mère de mon petit-fils ?

— Peut-être moins. Mais pas plus. Et puis, quand j'aurai un enfant, qui te dit que ça sera un garçon ?

Ma mère me regarde fixement, comme si je venais de poser la question la plus aberrante de tous les dimanches, comme si avoir des garçons était une évidence, comme si elle savait quelque chose dont je n'aurais pas été informé.

— Si ça se trouve, ta sœur va tomber enceinte avant toi…

— Et alors, je dis, on fait pas la course !

— Rassure-toi, fait Francine, tu peux filer devant, je suis pas pressée…

— Et puis aussi, lâche mon père entre deux bouchées de gratin dauphinois, une fois pour toutes, cessons de dire « tomber enceinte », c'est comme si c'était un accident. Tomber de cheval, tomber de bicyclette, tomber d'une échelle, tomber du toit, tomber dans l'escalier, tomber des nues, tomber à la renverse, tomber dans un trou, d'accord, mais tomber enceinte, non.

Et là, il a été très ferme. Ma mère n'a jamais été une discutailleuse, détestant les conflits, surtout quand les motifs ne présentaient aucun intérêt, elle est d'ailleurs assez balèze pour ça, je n'ai pas le souvenir d'avoir jamais entendu de cris à la maison, et ça, c'est bien grâce au caractère de ma mère, ce n'est pas tant qu'elle s'écrasait, c'est juste qu'elle n'aimait pas ferrailler, ça lui était égal d'avoir raison ou tort, de convaincre ou pas. Malgré tout, elle tente :

— On dit bien « tomber amoureux »…

— C'est vrai, et c'est normal, car tomber amoureux, bien souvent, c'est comme tomber de cheval.

Personne ne commente, un léger flottement s'installe, mon père rassure aussitôt :

— Je ne dis pas ça pour nous, ma chérie, avec toi je n'ai jamais eu l'impression de tomber de cheval. Il reste du gigot ?

Soulagement. Francine va rechercher le gigot. Du coup tout le monde en reprend, faut dire qu'il est d'une tendresse exquise, c'est donc un dimanche parfait.

— À quoi bon tout ça, soupire ma mère, je ne verrai jamais mes petits-enfants.

— Mais pourquoi tu dis ça, maman ?

— Tu sais bien…

Oui, je savais bien, nous savions tous bien, mais j'espérais que ça lui était passé : depuis des années, ma mère vivait chaque semaine en se persuadant que c'était la dernière. Non pas qu'elle fût en mauvaise santé, au contraire elle était d'une énergie formidable, je ne l'ai jamais connue malade ou se plaignant de quoi que ce soit. Et plutôt équilibrée. À part cette étrange idée fixe qui l'amenait à se persuader que, lorsqu'elle se levait le lundi, elle ne connaîtrait jamais le lundi suivant, et que peut-être même elle ne connaîtrait pas le soir de ce lundi-là. Alors, elle tenait à profiter pleinement de tout, quitte à franchir certains interdits. Par exemple, elle conduisait toujours au-dessus des limitations de vitesse, non pas par tempérament suicidaire, mais tout simplement parce qu'elle n'aimait pas se traîner à la vitesse imposée, du coup elle ne ménageait pas l'Opel Astra, ce dont mon père se foutait éperdument, vu qu'il n'aimait pas les voitures, mais le plus fort c'est qu'elle ne s'était jamais fait pincer par aucun radar, et ça, ça la navrait :

— Quand je pense que je vais mourir avec tous mes points !…

Plus personne ne se gendarmait à ce propos, ni nous trois, ni ses amies, non, on laissait couler. Mais, d'une certaine manière, cette obsession pessimiste, carrément noire, lui donnait un appétit magnifique, pour tout, la faisant vivre dans l'instant, comme si ça devait être le dernier. Du coup, elle s'émerveillait facilement, ne remettait rien au lendemain, de crainte qu'il n'y ait pas de lendemain, et je l'enviais, moi qui passais mon temps à me projeter dans l'avenir, à faire des plans, avoir des buts, comme de rencontrer la femme de ma vie avant trois ans.

— Écoute, maman, si tu veux, je me dépêche, je rencontre une jeune femme formidable, je l'épouse, le soir de la cérémonie je lui fais un enfant, peut-être même avant si elle est d'accord, avec un peu de chance l'enfant naît un poil avant terme, et te voilà grand-mère en moins de temps qu'il n'en faut pour le dire !

Elle hoche la tête, défaitiste.

— Tout ça d'ici la fin de la semaine ?… Pfff, te donne pas tant de mal pour moi, va…

Elle se lève pour aller chercher l'incontournable fraisier, Francine me fait une mimique qui signifie « laisse pisser », mon père me sourit pour me dire que tout cela n'a aucune importance, nous disposons les assiettes à dessert, ma mère revient avec autre chose qu'un fraisier, un gâteau praliné-chocolat-meringue, qu'elle pose sur la table.

— J'ai eu envie d'essayer, je me suis dit que si je n'y goûtais pas aujourd'hui, je n'y goûterais peut-être jamais.

Mêmes minimisantes mimiques de ma sœur et de mon père, qui, depuis belle lurette, se sont habitués à ce tenace et joyeux pessimisme.

— Alors, comment ça se passe à la boutique ?

me demande mon père, qui a fini par accepter que je travaille dans une papeterie.

— Super.

— Il y a d'autres employés ?

Je leur raconte les trois vendeuses, madame Capliet qui veut que je l'appelle Arlette, les clients qui…

— Donc, tu es le seul homme au milieu de quatre femmes ? me coupe mon père. Comment elles sont, les vendeuses ?

— Pas mal. Gentilles.

— Jolies ?

— Aussi.

— Donc, tu as l'embarras du choix.

— Heu, oui, si on veut… mais je ne sais pas si la femme de ma vie sera forcément une collègue de travail.

— Regarde quand même autour de toi avant de chercher aux antipodes. Ne serait-ce que par acquit de conscience.

Ce fut une sorte de mot de la fin, mon père avait du travail, du courrier ou je ne sais plus quoi, de mon côté j'ai aidé Francine à finir une dissertation pour le lycée, quant à maman elle s'est occupée de débarrasser les assiettes et de les enfourner dans le lave-vaisselle, en y prenant un plaisir fou, puisque, de son point de vue, c'était sans doute la dernière fois de sa vie qu'elle le faisait.

5

Une journée particulière

Aujourd'hui c'est l'anniversaire d'André. Je vais lui offrir un cochon d'Inde : depuis le temps qu'il parle de faire un voyage à Bombay, ça lui donnera un avant-goût.

Pour ses anniversaires, André fait toujours des fêtes réussies, chez lui. Il ne travaille pas. Il n'a jamais travaillé. Son père avait installé dans toute la France une chaîne de photomatons, 7 800 cabines pour se tirer le portrait, une sorte de monopole, et puis, quand ses parents se sont noyés un été en se baignant dans la Loire, André a hérité de l'affaire. Des gens compétents s'en occupent à sa place, comme ils s'en occupaient déjà du temps de son père, André n'a rien à faire, juste vérifier les versements sur son compte bancaire, et il n'y a pas de raison que ça s'arrête, car on aura toujours besoin de photos d'identité pour les passeports, les dossiers scolaires, les formulaires administratifs, etc., bref, comme dit André, « chaque fois que le petit oiseau va sortir, c'est moi qui devrais sourire ». Et là où il vit, c'est l'appartement de ses parents, enfin c'était, puisqu'ils ne sont plus là, c'est très grand, surtout depuis qu'il a vendu tous les meubles qui ne lui servaient à rien, c'est carrément immense, c'est vide, on pourrait faire du patin à roulettes, c'est pour ça que pour ses anniversaires il peut inviter du monde, et c'est pour ça aussi que le cochon d'Inde ne manquera pas de place, une fois que les invités seront partis.

J'irai donc, en fin de matinée, au moment de ma pause déjeuner, acheter un cochon d'Inde à mon ami André.

En sortant du métro pour arriver à la papeterie, je tombe sur une jolie femme qui tient un petit garçon par la main. Elle me reconnaît. Moi pas.

— Thomas ! Ça alors, quelle surprise !…

— Ah oui, je… moi non plus je ne m'attendais pas à…

J'essaye de gagner du temps, je sais que je la connais, que je l'ai connue, mais où ? et quand ? Est-ce qu'on se tutoie ? Quel est son prénom ? Ça me tue de ne pas être davantage physionomiste.

— *Que tal* ? me demande-t-elle en riant.

Ça y est, ouf, j'y suis, nous avons suivi des cours d'espagnol ensemble, à une période de ma vie où je pensais que ce serait original d'habiter Madrid, mais bon ça m'a passé, on prenait des cafés en sortant des cours, on s'amusait à ne se parler qu'en espagnol, et comme notre niveau était lamentable, on ne comprenait rien à ce qu'on se disait, c'était il y a huit ou dix ans, je me souviens de tout, même qu'elle s'appelle Laurence.

— Laurence ! Ça alors, c'est marrant. C'est à toi, ce petit bonhomme ?

— Oui, c'est Félix.

— Tu as changé.

— Tu n'aimes pas ?

— Si... bien sûr... ça te va très bien.

En fait, j'étais transpercé : cette fille, à l'époque des cours d'espagnol, avait les cheveux mi-longs, et elle s'ingéniait à les avoir toujours dans la figure, les ramenant d'un geste furtif de la main, pour mieux se cacher, je n'ai jamais vraiment vu son visage, impossible de savoir si elle était jolie ou pas. Et puis là, aujourd'hui, une coupe courte épatante, mettant en valeur un visage d'ange, un sourire à fondre. Laurence était ravissante.

— Tu as l'air intimidé de me revoir.

— Oui. Un peu.

— Moi aussi. Ça me fait toujours bizarre de tomber sur quelqu'un quand je ne m'y attends pas. Tu sais, en fin de compte, ça m'a servi, les cours : j'ai épousé un Espagnol. C'est pour ça que Félix s'appelle Félix. Et toi, tu fais quoi dans le quartier ?

— Je travaille là.

Je tends le bras vers la façade du Stylo de Vénus, dont Louise vient de lever le rideau de fer, tandis que Sandrine et Yvette sortent sur le trottoir les tourniquets de cartes postales.

— Non ? Ça alors, c'est pas croyable !

— Qu'est-ce que ça a de pas croyable ?

— C'est justement là que j'allais, pour acheter un stylo à mon mari, c'est son anniversaire.

Nous sommes entrés dans la boutique, Félix entre nous, donnant la main à chacun, on aurait dit des parents, mines étonnées des trois vendeuses, que j'embrasse rapidement en faisant les présentations, pour dissiper tout malentendu, encore que c'était un malentendu agréable, j'aurais bien aimé être le mari de Laurence, et être le père de ce Félix qui aurait permis à ma mère d'avoir un petit-fils avant de mourir à la fin de la semaine.

— Laurence, une amie que je viens de retrouver, et qui veut offrir un stylo à son mari.

— À quel genre de stylo pensez-vous ? demande Yvette.

— Laissez, Yvette, je m'occupe de madame.

— Oui, bien sûr, je suis bête, puisque c'est une amie à vous…

Les trois pouffent discrètement, mines ad hoc, persuadées qu'une amie mariée est forcément une ancienne liaison, hélas il n'en était rien, puisque, derrière les mèches faisant écran, je n'avais pas su voir combien Laurence était jolie, alors que, si j'avais su la regarder, je l'aurais peut-être épousée, et je serais aujourd'hui le plus heureux des hommes.

Elle voulait un stylo-plume, classique et élégant, je lui ai montré des modèles différents, elle les prenait en main, écrivait avec, penchée au-dessus du présentoir vitré, dans une posture déhanchée qui laissait entrevoir son décolleté, je crois qu'elle le faisait un peu exprès, nous étions proches l'un de l'autre, j'aurais aimé que ça dure des heures, en plus elle sentait bon.

— Je vais prendre celui-ci, dit-elle en se redressant.

Elle n'avait pas hésité longtemps et avait choisi le plus beau, mon préféré, celui que j'aurais aimé qu'elle m'offre si j'avais été son mari. Paquet-cadeau confié à Louise qui était la reine du paquet-cadeau, règlement, baiser rapide, et puis hop, elle est partie en faisant «*Adios*», en souvenir du bon vieux temps, sortant du magasin juste au moment où madame Capliet y entrait.

— Jolie cliente, non ? a dit cette dernière en regardant Laurence s'éloigner sur le boulevard.

— Oui, j'ai fait. Très.

Il restait encore un peu de son parfum suspendu dans la boutique.

Il fallait que je fasse gaffe : j'étais passé à côté de Laurence à l'époque où elle avait les cheveux dans la figure, je n'avais rien su entrevoir de merveilleux en elle, et je m'étais donc lourdement trompé. Mais comment imaginer qu'une fille juste pas mal puisse devenir un jour une absolue splendeur ? Comment être sûr de son coup ? Et si on se trompe ? Si elle ne devient jamais une absolue splendeur ? Je ne me sens pas capable de miser sur le devenir d'une fille pas complètement finie. Il me faut une fille terminée, une fille clés en main. Tant pis pour moi si, par manque d'imagination, je laisse passer Adèle, Madeleine, Caroline, Claire, Valérie, comme j'ai laissé passer Laurence. Le hic, c'est qu'une fille terminée a toutes les chances de n'être plus libre.

Parce qu'un autre type l'aura repérée avant moi. On verra bien. Ne jamais partir perdant (sinon, y a pas de danger qu'on gagne). Ne pas partir gagnant non plus (sinon, il y a le risque de la déception). Donc, ne partir ni perdant ni gagnant. Juste être dans la course. Avec les autres. Et y croire. Y croire, bordel.

Au moment de la pause déjeuner, j'ai comme prévu filé sur les quais pour acheter le cochon d'Inde d'André. Le vendeur m'a proposé « angora ou pas ? », j'ai dit « pas », puis il m'a demandé « tricolore ? », j'ai répondu d'un sourcil perplexe, alors il a précisé que ça ne voulait pas dire bleu blanc rouge, que généralement un cochon d'Inde tricolore était blanc brun noir, que c'était très joli, plus original qu'un monochrome, enfin ça dépend des goûts, c'est à vous de voir. Il m'a désigné la grande cage où je pouvais faire mon choix.

Debout à côté de la cage, une fillette de sept ou huit ans regardait les cochons d'Inde tricolores pas angora. Fluette, une petite robe blanche de saison, des sandales, de grands yeux noirs d'actrice ibérique, et puis surtout une coupe très courte de cheveux très bruns, qui lui allait à merveille. Elle avait un visage sérieux, concentré. Elle était émouvante, sans que je sache exactement pourquoi. Peut-être à cause de ce visage sérieux. Et aussi, bien sûr, de sa coupe de cheveux. Plus tard, quand j'aurai des enfants, des filles bien sûr, elles auront cette coupe-là.

— Il faut que j'achète un cochon d'Inde pour l'anniversaire d'un ami, mais je ne sais pas lequel choisir.

Sans se démonter, sans hésiter, me regardant à peine, la fillette aux cheveux courts a pointé l'index :

— Celui-là.

— Pourquoi, celui-là ?

— Il a l'air gentil.

— Très bien. Donc, celui-là. Tu ne le quittes pas des yeux, je vais chercher le vendeur.

— Il a de la chance, votre ami, que vous lui donnez un cochon d'Inde.

— Tu n'as pas d'animaux chez toi ?

— Non. Mes parents aiment pas.

— Faut attendre d'être grande, alors.

— Oui. Je sais. Mais c'est long.

Hélas non, c'est pas long d'être grand, ai-je eu envie de lui répondre, c'est trop vite, c'est trop court, c'est trop tôt, parfois je me demande si tout n'est pas toujours trop tôt.

Un peu plus tard, je réglais mes achats, nourriture pour le cochon d'Inde tricolore, boîte de transport, cage, et aussi quatre poissons rouges avec bocal et daphnies pour la boutique, aujourd'hui, moi qui pourtant n'aime pas les bêtes, j'avais envie d'offrir des animaux.

La fillette avait rejoint sa maman, qui regardait les perruches avec un petit garçon dans les bras : une belle jeune mère de famille, simple, normale, qui certes ne voulait pas d'animaux chez elle (comment aurais-je pu lui donner tort, en tant que fils dissident de vétérinaire ?), mais avait les mêmes cheveux courts que sa fille, la même silhouette, les mêmes poses, une espèce de copie conforme, une reproduction fidèle, version adulte, version maman, que c'en était troublant. J'aurais aimé avoir le même âge que cette petite fille, être son amoureux, et admirer sa maman à la sortie de l'école, sa maman qui, pour le moment, cesse de regarder les per-ruches et se dirige vers la sortie du magasin en entraînant sa progéniture qui rêve d'animaux en cage.

— Cent vingt-huit euros, m'annonce le vendeur, ne se doutant pas qu'il me ramène d'un coup à la vraie vie, à mon âge, à l'heure qui tourne, au prix des choses, et à ma pause déjeuner qui se termine.

Madame Capliet fut enchantée par les poissons. Les filles aussi.

— Quelle idée merveilleuse, Thomas, ça va être tellement original sur la caisse ! Comment allons-nous les appeler ?

— Eh bien, c'est pas difficile, comme vous : Arlette, Yvette, Louise et Sandrine.

J'avais pris quatre poissons avec des taches diffé-rentes, pour qu'on puisse les reconnaître. Les ven-deuses et madame Capliet étaient tellement excitées autour du bocal, à s'attribuer chacune leur poisson, que personne n'avait remarqué la dame pincée, qui attendait plantée au milieu du Stylo de Vénus, cliente dont on ne s'occupait pas, dans une papete-rie où trois vendeuses et un vendeur s'intéressaient, pour l'instant, à autre chose qu'à la papeterie, cliente qui finit par demander d'une voix de tête :

— Vous vendez des protège-cahiers ?

Ce qui nous fit l'effet d'une douche froide. Abandonnant provisoirement nos appellations piscicoles, nous nous mîmes en quatre, et même en cinq avec madame Capliet, pour satisfaire la demandeuse de protège-cahiers, qui n'avait jamais vu autant de monde s'occuper d'elle pour l'achat d'un article somme toute assez banal.

La cliente repartie, un protège-cahier bleu marine sous le bras, l'attribution des poissons reprit, en quelques secondes l'affaire était entendue.

— Mais et vous, Thomas, vous n'avez pas de poisson ?

— Je... c'est impossible.

— Allons bon, et pourquoi ?

— Parce que... je ne sais pas nager.

Rires des vendeuses, haussement d'épaules de madame Capliet qui, dès le lendemain, arrivait au magasin avec un sachet plastique, qu'elle déversa dans le bocal, ajoutant un cinquième poisson, le mien donc, à la petite famille existante.

— Je vous présente Thomas. Il vous plaît ?

— Beaucoup. Je vous remercie.

— Moi aussi, il me plaît. On s'ennuyait, avant vous. Sans compter que pour quelqu'un qui ne sait pas nager, avouez que vous avez fait des progrès spectaculaires, non ?

Et en effet, je dois dire que mon poisson ne se débrouillait pas mal du tout en milieu aquatique, ce qui n'avait rien de vraiment étonnant, car peut-on imaginer un poisson qui ne saurait pas nager, ou même simplement un poisson qui ne nagerait pas super bien ? Est-ce que certains oiseaux volent mieux que d'autres ? Est-ce que certains chats sont plus forts pour retomber sur leurs pattes ? Est-ce que les singes arboricoles sont tous aussi habiles pour se balancer d'une branche à l'autre ? Et si certains animaux sont plus doués que d'autres, est-ce que les doués roulent des mécaniques, et est-ce que les moins doués font la gueule ? Il faudra qu'un dimanche midi je pose ces questions à mon père, qui me répondra « Qu'est-ce que ça peut te faire, puisque tu n'aimes pas les animaux ? », et je ne serai pas plus avancé.

Le volume sonore provenant de l'appartement d'André augmente progressivement à mesure que l'ascenseur s'élève, mélange de musique orientale, d'éclats de voix et de rires de femmes. C'est André qui m'ouvre. Je lui tends le cochon d'Inde en disant « joyeux anniversaire », il a l'air content, mais pas surpris, car, et c'est à peine croyable si l'on se réfère à la loi des probabilités, deux autres invités ont eu la même idée que moi.

— C'est poilant, t'es le troisième. Viens, on va le mettre au fond avec les autres, au moins ils ne s'ennuieront pas.

On traverse le grand appartement dépourvu de meubles inutiles, et où les invités ont l'air de s'amuser comme il faut. Les deux autres cochons d'Inde sont, eux, angoras, et assez moches, ce qui amène une eau inattendue à mon obsession capillaire : même chez les animaux, le poil court est plus joli.

Je connais assez peu de monde à cette soirée d'anniversaire, les amis de mon ami n'étant pas forcément mes amis, il faut dire qu'André connaît beaucoup de gens, se lie facilement, papillonne, s'amourache et s'entiche, les fêtes chez lui sont donc des occasions de faire des connaissances, et justement, je suis pas là depuis un quart d'heure qu'on me présente une femme que j'avais remarquée sitôt entré, puisque c'est elle qui, si l'on excepte le cadeau d'André, a les cheveux les plus courts. Vraiment très courts. Et très bruns. Comme une Sud-Américaine. Une Brésilienne peut-être. En fait non, car elle parle sans la moindre pointe d'accent.

— Bonsoir, je dis, je suis heureux de faire votre connaissance, car en entrant ici je vous ai aussitôt remarquée, à cause de votre coupe de cheveux, qui vous va très bien.

— Merci. C'est drôle que vous me parliez de ça, car j'ai eu les cheveux longs toute ma vie, et cet après-midi j'ai décidé de tout couper.

— Vraiment ? Vous n'avez les cheveux courts que depuis cet après-midi ? C'est incroyable…

— Et pourquoi c'est incroyable ?

— Non, non, pour rien…

— Si, ça m'intéresse.

— Eh bien, c'est que j'ai une théorie à propos des cheveux courts, enfin c'est pas une théorie, c'est juste le résultat de mes observations…

— Vous observez les femmes aux cheveux courts ?

— Oui. Tout le temps.

— Et pas les autres ?

— Si. Aussi. Mais moins.

— Et alors, vos observations ?

— Voilà : je pensais pouvoir repérer à coup sûr une femme qui a les cheveux courts depuis peu, par opposition à celles qui ont les cheveux courts depuis longtemps.

La Brésilienne qui n'est pas brésilienne esquisse un sourire interro-dubitatif qui lui va aussi bien que sa coupe de cheveux, et qui m'encourage à continuer :

— Le comportement est différent. Celles pour qui c'est récent donnent l'impression de brandir un étendard, sur lequel se mélangeraient les couleurs de l'effronterie et de l'embarras, comme si elles étaient fières d'avoir sauté le pas, mais qu'elles avaient encore un peu de mal à assumer leur décision. Eh bien vous voyez, ma théorie est nulle, car lorsque je vous ai aperçue, j'étais sûr que vous aviez les cheveux courts depuis toujours, alors que vous sortez de chez le coiffeur. Mais, vous avez bien fait : vous êtes magnifique.

— Merci pour ce compliment, qui me touche. Ce qui est amusant, c'est que j'ai dû aller dans cinq salons avant de trouver un coiffeur qui accepte de me couper les cheveux. Ils devaient penser que j'étais une folle, que je me prenais pour Jeanne d'Arc, ou je ne sais qui, en tout cas ils ne voulaient pas prendre la responsabilité de me ratiboiser.

— Quelles sont les réactions des personnes qui vous connaissaient avant ?

— Mitigées. Mais je m'en fiche, moi j'aime. Mon mari pas trop, mon fils me dit que je fais moins maman qu'avant, mais peu importe, c'est comme ça.

Un homme s'est approché de nous, son mari, dont j'apprendrais plus tard qu'il était concessionnaire Audi, lui a tendu un verre de vin et m'a serré la main.

— Je disais à votre femme que cette coupe de cheveux lui allait superbement.

— Quand même, moi, ça m'a fait un choc.

— Franchement, vous ne trouvez pas qu'elle a largement plus d'allure et de personnalité que toutes les femmes réunies dans cette soirée ?

Il jette un coup d'œil circulaire, pour vérifier.

— C'est pas faux. Faut juste que je m'y fasse…

Pointant mon index vers le haut et prenant un ton définitif, je lui dis presque comme une menace (mais une menace de quoi ?) :

— Vous ne vous rendez pas compte de la chance que vous avez.

Là-dessus, j'ai tourné les talons pour m'éloigner vers le buffet, ce qui était complètement idiot, car je serais bien resté discuter avec elle plus longtemps, avec elle, oui, mais pas avec son mari, car je n'y connais rien en voitures, pas plus que lui ne s'y connaît en cheveux.

Mais le plus important était que, au soir de cette journée, j'avais plus que jamais la certitude absolue, indéracinable, définitive, que la femme de ma vie aurait les cheveux courts.

Bizarrement, comme par un fait exprès, toutes celles que j'avais rencontrées aujourd'hui, et que j'aurais pratiquement pu demander en mariage sur-le-champ, étaient déjà mariées, mères de famille, ou alors beaucoup, mais beaucoup beaucoup trop jeunes.

Il me fallait donc en trouver une dans mes âges, et libre.

6

Les vendeuses

«Regarde autour de toi avant de chercher ailleurs», m'avait dit mon père. C'était basique, mais pas idiot.

Autour de moi, il y avait :

Madame Capliet, une femme bien de sa personne, coquette, soignée, affriolante, mais qui pour le coup était plus âgée que moi (quel âge pouvait-elle avoir ? Cinquante ? plus ? moins ? Difficile à dire. Belle femme en tout cas), et qui était forcément mariée à quelqu'un, mais, mariée ou pas, quelle importance, Arlette Capliet ne correspondait pas à l'idée que je me faisais de la femme de ma vie, malgré tout le respect et l'admiration que j'avais pour elle.

— Il y a un monsieur Capliet ? j'ai demandé aux filles, un matin, avant que madame Capliet n'arrive au magasin.

— Bien sûr, a dit Yvette : Léon Capliet.

— On l'a jamais vu, j'ai dit.

— Ben non, a fait Louise, il vient pas, on sait qu'il existe, mais on l'a jamais vu.

— Faut quand même qu'on vous raconte, a complété Sandrine, figurez-vous que monsieur Capliet travaillait dans les assurances, madame Capliet était femme au foyer. Il y a dix ou douze ans, monsieur Capliet, qui jouait chaque semaine au Loto, gagne la cagnotte, une somme énorme, je me rappelle plus combien, mais énorme. Du coup, du jour au lendemain, il plaque les assurances pour se consacrer à sa seule passion : les trains électriques. Il paraît que chez lui il a monté un réseau unique au monde, enfin, au monde, je sais pas, mais quelque chose de très grand. Du coup, madame Capliet, ça la mine de voir son mari penché toute la journée sur des locomotives miniatures, elle déprime, mais comme lui est un type gentil, il lui achète la papeterie où nous nous trouvons présentement, c'était son rêve à elle d'avoir une papeterie, du coup tout se renverse, c'est elle qui travaille et lui qui est homme au foyer, tout le monde est heureux.

— Comment vous savez tout ça ?

— Un soir de veille de Noël, on avait ouvert du champagne, elle était un peu pompette, elle nous a raconté sa vie.

— Ils n'ont pas d'enfants ?

— Si, une fille, mais elle n'en parle pratiquement jamais, a fait Yvette, elle non plus on l'a jamais vue au magasin.

— Peut-être que madame Capliet a inventé tout ça, qu'elle a ni mari ni fille, et qu'elle est seule dans la vie.

— Ben oui, a fait Louise, perplexe, c'est vrai, elle peut très bien avoir tout inventé…

Voilà les trois vendeuses plongées dans un abîme d'incertitude, mais voici madame Capliet qui traverse le boulevard, se dirige vers le magasin, en pousse la porte, ponctuant son entrée d'un joyeux « Bonjour, tout le monde ! » et trimbalant avec elle un nouveau parfum, le parfum du mystère, ce qui ne la rend pas moins séduisante.

Elle prend des nouvelles des poissons rouges, comme chaque matin, et moi je m'intéresse aux trois vendeuses, des fois que la femme de ma vie serait à portée de main. De ma main. À mon avis, il n'y avait pas trop de chances, parce que je m'en serais déjà aperçu, mais je tenais à vérifier quand même, comme me l'avait conseillé mon père, des fois que.

Yvette : très gentille, un peu scolaire, menue, les cheveux mi-longs, blonde, très pâle, les yeux bleu ciel, la peau blanche, translucide, comme une fille de vitrier. Je l'aime bien, mais elle manque de contraste. J'ai croisé des filles superbes, grandes, blondes, intelligentes, ces Nordico-Californiennes qui enchantent les photographes de mode, des filles avec lesquelles j'aurais pu épater un restaurant entier rien qu'en étant avec, mais non, trop grandes, trop blondes, trop pâles, et sûrement trop belles aussi, enfin trop belles pour moi, faut être lucide. Yvette, elle, est plus modeste, plus discrète, plus effacée, mais elle n'est pas, comment dire, épousable. Du moins pas en tant que femme de ma vie. De toute façon, la femme de ma vie sera brune et aura la peau mate.

Louise : Louise, c'est ma préférée. Elle dit

toujours « ben oui » ou « ben non » en commençant ses phrases. Elle est rigolote, plutôt jolie, brune, les cheveux longs, mais toujours attachés, souvent en queue-de-cheval, ça lui va bien, elle s'habille avec goût, plutôt court, et, comme dit madame Capliet, « Quand on a de jolies jambes, autant les montrer », rieuse, vive. Mais fiancée. À un fiancé. Qui vient la chercher pratiquement tous les jours. Donc, j'oublie Louise. Ou plus exactement, je ne me pose pas la question à son sujet. Puisqu'elle a déjà quelqu'un.

Sandrine : sérieuse, les cheveux châtains, attachés en chignon, j'aime pas trop, ça fait pas comme de vrais cheveux courts, un peu forte, mais portant ses quelques rondeurs très joliment, solide, fiable, raisonnable, sûrement trop, du coup manquant parfois d'humour, comme lorsqu'on lui fait remarquer qu'elle dit souvent « du coup », ça ne l'amuse pas du tout, elle a l'impression qu'on se moque d'elle.

À part elles trois, quatre avec madame Capliet, il y a bien les clientes, certaines sont charmantes, je dis pas, d'autres sans doute désirables, mais ce ne sont que des femmes passagères, irréalistes, vaines.

— Bonjour, monsieur, je voudrais des surligneurs de trois couleurs différentes.

— Certainement, madame, nous avons jaune, orange, bleu, vert et rose. Larges ou fins ? Je vous montre.

Pendant qu'elle hésite, je la regarde à la dérobée, elle ressemble à une femme idéale, si ça se trouve, c'est elle la femme de ma vie, mais ça n'avance à rien de se dire une chose pareille, j'ai du mal à imaginer le vendeur dire à une cliente :

— Tenez, madame, ça fait quatre euros quatre-vingts, voulez-vous m'épouser?

Non, décidément, ce n'est pas réaliste d'envisager une cliente.

Voilà, j'ai regardé autour de moi. Et ça ne colle pas. Je vais donc devoir chercher ailleurs. Sans savoir où est ailleurs. Car ailleurs ça peut être n'importe où.

— Où tu en es avec la femme de ta vie? me demande André en fin de journée, au café habituel, le café où travaille Olga, la serveuse russe, qui n'est pas là aujourd'hui, c'est son jour de congé, mais même absente elle me fascine toujours.

— Hein, pardon?

— Tu en es où avec la femme de ta vie?

— Nulle part. Point mort. Pour l'instant du moins. En fait, non, pas si point mort que ça, j'ai avancé, je sais à quoi elle ressemble : elle a les cheveux courts, elle est brune, et elle a la peau mate.

— C'est tout?

— Pour l'instant, oui. Mais c'est déjà pas mal, non?

— Si on veut. Tu te rends compte du nombre de femmes brunes aux cheveux courts et à la peau mate qu'il y a sur terre? Déjà, rien que dans le quartier.

— Je suis pas sûr qu'il y en ait tant que ça. De toute façon, c'est un début, je commence juste mes recherches. Je vais affiner. Ah oui, j'oubliais : il faut qu'elle soit un peu plus jeune que moi, et aussi qu'elle soit libre.

— C'est vrai que ça affine, reconnaît André. Tu ne veux pas venir avec moi en Inde, là-bas les femmes sont toutes brunes avec la peau mate, souvent très belles, je suis sûr qu'il y en a beaucoup qui, par amour, accepteraient de se couper les cheveux, non, sans blague, c'est la solution, t'auras l'embarras.

— Mais que t'es con, mon pauvre André ! L'idée c'est pas d'aller faire mon marché à l'autre bout du monde, je ne veux pas choisir la femme de ma vie comme j'achèterais des yaourts aux fruits, ce que je veux, moi, c'est une rencontre, un truc inattendu, un truc que t'as pas programmé, qui te tombe dessus sans crier gare, et qui te laisse comme deux ronds de flan.

— Alors, pourquoi tu te fixes des limites avec des histoires de longueur et de couleur de cheveux ?

— Pour y voir plus clair.

André ne répond rien, il hausse les épaules, c'est la seule chose qu'il sache faire quand il ne sait plus quoi dire. On boit un coup. On traîne. On ne se parle pas. On regarde les gens passer. On reboit un coup. André dit :

— Putain, t'es pas rendu.

Et d'un sens il a pas tort.

7
Colette

Je suis dans le métro, pour l'instant sous terre, puis la rame émerge en pleine lumière, décidément, la belle saison est là. Et devant moi, debout contre les strapontins relevés, comme je me tiens moi-même, il y a une jeune fille bouleversante de beauté et de simplicité, peut-être bien la plus jolie adolescente que j'aie vue de ma vie. Le métro est aérien, elle est aérienne :

Dix-sept ans, guère plus, des cheveux courts, bien sûr, brune, bien sûr aussi, les yeux clairs, des boucles d'oreilles fantaisie, fleuries d'un côté, fruitées de l'autre, un pantalon corsaire et un tee-shirt un peu court, laissant apparaître les quelques centimètres de peau qui suffisent à chavirer le cœur des garçons, des tennis de rien du tout, des écouteurs, un visage calme et intelligent plongé dans la lecture d'un roman de Colette en édition de poche, un sac en raphia à l'avant-bras, une jeune fille colorée, belle comme un jour de printemps, et qui n'y met aucune arrogance, comme si elle n'était pas au courant qu'elle était jolie, ou plutôt comme si le fait d'être aussi jolie était une chose normale, et que franchement il n'y avait pas de quoi en faire tout un plat. Un ange. Une apparition. Une illustration.

Alors me prend l'envie de lui dire tout ça, de la remercier pour tout ça. Pas commode. Surtout là, dans le métro.

Deux stations plus loin, c'est là que je descends, pour arriver au Stylo de Vénus, après quelques minutes de marche à pied. Le métro s'arrête. La jeune fille continue à lire. Elle ne descend pas là. Le métro repart. Je ne suis pas descendu non plus. Plusieurs stations passent. Je ne serai pas à l'heure au magasin. L'adolescente n'a jamais levé les yeux pour voir où nous sommes. Pour voir où elle est. Le métro retourne sous terre. Je ne sais pas ce que j'ai en tête. Rien. Je n'ai rien en tête. Pas l'ombre d'une idée. À part celle-ci : ne pas la perdre. De vue au moins. Juste pour trouver le moment pour la remercier d'être aussi jolie. Rien d'autre. Sans blague. Même si je sais très bien que je suis incapable de lui adresser la parole pour lui dire une chose pareille. Incapable de lui dire quoi que ce soit, d'ailleurs. Je n'ai jamais fait ça. Je l'ai souvent regretté. Mais je ne l'ai jamais fait.

— Me dis pas que tu vas la suivre ? me dira sans doute André si je lui raconte ma rencontre avec la lectrice de Colette.

— Non, pour l'instant je ne te dis pas ça.

— Mais tu espères quoi ?

— Je ne sais pas. Je n'espère rien. Rien du tout.

Pour l'instant, je te dis que je n'ai pas envie de la perdre.

— Et ça te mènera où ?

— Nulle part. Évidemment nulle part. Et alors ?

— T'es bizarre, des fois, conclura André en me regardant avec un air de commisération, accablé, se demandant si son ami jouit de toutes ses facultés. Sans blague, des fois t'es bizarre. Si j'étais pas ton ami...

— Oui ?

— Si j'étais pas ton ami... eh bien... je te trouverais bizarre...

— Mais c'est déjà ce que tu viens de me dire.

— Oui, mais si j'étais pas ton ami, je te trouverais encore plus bizarre, voilà, et si tu veux tout savoir, des fois tu m'inquiètes.

— Mais non.

— Ben si.

Nous nous taisons. Chacun campe de son côté. On sirote. On ne sait pas comment rompre le silence. On ne le rompt pas. Je repense à la jeune fille du métro. Je me souviens parfaitement d'elle, du moindre détail, de tout. Si je savais dessiner, je pourrais la dessiner.

En fait, cette conversation n'aura pas lieu, car je ne parlerai jamais à André de l'adolescente du métro. Il ne comprendrait pas. C'est mon ami, mais il ne comprend pas toujours tout. Un jour il m'a dit :

— Tu sais ce qui merde chez toi, Thomas ?

— Non. Et qu'est-ce qui merde d'après toi ?

— T'es trop sentimental.

— Je sais. Et alors ? Faut pas ?

— Si. Mais dans des proportions raisonnables. Toi c'est trop. Fais gaffe.

— À quoi ?

— À toi.

C'est pour ça qu'André ne saura jamais rien de mon aventure qui n'en est du reste pas une, c'est vrai que je suis sentimental, mais franchement je ne vois pas pourquoi André ça le défrise.

Le métro s'arrête. La jeune fille jette un coup d'œil à la station, met son ticket en marque-page, glisse le livre dans son sac, descend. J'en fais autant. Pourquoi pas ? Après tout, je pourrais très bien descendre à cette station et prendre la même direction qu'elle. Des tas de passagers sont descendus là et se dirigent vers la même sortie.

Tout en marchant, à une distance prudente, je sors mon portable, je compose Le Stylo de Vénus. Je tombe sur Sandrine. Je prends une lourde voix lasse :

— Allô, c'est Thomas, ça va pas, je suis dans le métro, j'ai la tête qui me tourne (d'un sens, ce n'était pas complètement faux).

— La tête qui vous quoi ? me demande-t-elle.

— Qui me tourne… j'ai dû manger une cochonnerie hier soir ou quelque chose, je ne sais pas si…

— Je vous passe madame Capliet.

— Allô, Thomas ? Qu'est-ce que vous avez ? me

demande Arlette avec une réelle inquiétude dans la voix.

J'explique à nouveau, je brode un peu avec front en sueur et palpitations. Madame Capliet est catégorique :

— Je vous interdis de venir au magasin dans cet état, vous devez rentrer chez vous et vous soigner.

— Oui… bon… mais si ça va mieux cet après-midi, je…

— Pas question, je ne veux pas vous voir aujourd'hui. Appelez SOS Médecins et remettez-vous sur pied. Vous allez nous manquer, mais nous préférons la compagnie d'un Thomas bien portant à celle d'un Thomas fiévreux et nauséeux.

— Merci, mada… merci Arlette.

Voilà, c'était aussi simple que ça. Un mensonge de lycéen. Pour suivre une lycéenne.

Elle est là-bas, au bout du couloir. Elle monte les escaliers d'un pas tranquille, attaquant chaque marche du bout du pied, avec souplesse, comme une danseuse. D'ailleurs, c'est peut-être une danseuse.

Je décide de ne pas la quitter d'une semelle, où qu'elle aille, toute la journée. Je ne sais pas trop pourquoi. Oui, je sais, c'est absurde. Parce qu'elle n'a que dix-sept ans et que, même si j'étais capable de lui parler… Alors quoi ? Alors rien.

Quand je reverrai André et que, comme à chaque fois, il me demandera où j'en suis, je ne lui parlerai donc pas de cette jeune fille. Je lui dirai simplement qu'en plus d'être brune aux cheveux courts, la femme de ma vie marchera sans balancer les bras trop fort.

— C'est quoi, cette nouveauté ?

— Rien. Pure observation. Les femmes qui balancent les bras trop fort ont souvent une démarche lourde, inélégante, et, j'ose ajouter : vulgaire. Tu ne verras jamais une jolie femme marcher en balançant les bras trop fort.

— Puisque tu le dis. Rien d'autre ?

— Si : elle ne mangera pas de chewing-gum.

— Ça aussi c'est interdit ?

— Non, c'est pas que ça soit interdit, c'est que, toujours en regardant autour de moi, je n'ai jamais vu quelqu'un mâcher du chewing-gum avec l'air intelligent. J'en déduis que le chewing-gum donne l'air con, et donc la femme de ma vie n'en mange pas.

— Thomas, je te jure que, cette fois-ci, tu es en train de virer sectaire et intolérant.

— Possible. C'est mon problème, pas le tien.

— Mais ouvre les yeux, bon sang ! Tu rencontres une femme formidable, tu en tombes amoureux, tu lui dis que tu l'aimes, elle te dit qu'elle t'aime aussi, elle est brune, les cheveux courts, la peau mate, elle ne balance pas les bras trop fort, et là-dessus, paf, elle sort un chewing-gum de son sac et l'enfourne, qu'est-ce que tu fais ? Tu la quittes ? Sois un peu réaliste, merde !

— Ça ne m'intéresse pas d'être réaliste.

Tout ça parce que j'avais suivi toute une journée

une jeune fille épatante, qui marchait sans balancer les bras, et qui n'avait pas mangé de chewing-gum.

En fin d'après-midi, ladite jeune fille épatante est assise sur un banc, dans un jardin public. Elle n'a plus ses écouteurs. Elle est seule. Termine son livre. Si je ne lui adresse pas la parole maintenant, je ne le ferai jamais et je le regretterai toujours.

Je m'approche face à elle, désigne le banc.

— Vous permettez ?

Elle relève le visage, me considère avec candeur et étonnement, sourit, on dirait que ça l'amuse.

— Je vous en prie.

Je m'assieds. Il y a d'autres bancs libres autour. Plein. Donc, si je suis venu m'asseoir sur celui-ci, c'est bien parce qu'elle y est déjà. C'est ce qu'elle doit se dire. Mais, pour l'instant, elle ne peut rien faire d'autre que de se replonger dans son livre. Ce qu'elle fait. Je me jette à l'eau :

— Je vous ai vue ce matin dans le métro. Et je voulais simplement vous dire ceci : vous êtes la plus jolie jeune fille que j'aie vue de ma vie. Voilà. C'est tout. Je ne veux pas vous embêter davantage, mais je m'en serais voulu de ne pas vous le dire.

Elle devrait être sciée. Elle l'est peut-être. Elle l'est sûrement. Le silence qui suit prouve qu'elle est sciée.

— Merci, c'est gentil. Mais je ne comprends pas : vous m'avez vue ce matin dans le métro, et puis là, par hasard, vous passez dans ce jardin, et vous tombez encore sur moi, comme quoi, les coïncidences.

— Ce n'est pas une coïncidence : je vous ai suivie toute la journée.

Là, je suis sûr qu'elle est sciée.

— Je vous crois pas.

— Si, je vous assure, c'est vraiment ce que j'ai fait : après être descendue du métro, vous êtes entrée dans une librairie, vous avez traîné dans les rayons, acheté un livre, je n'ai pas pu voir lequel. Vous avez retrouvé une amie et mangé un panini avec elle. Je ne sais pas ce que vous vous racontiez, mais ça devait être tordant, car vous étiez toutes les deux mortes de rire. Ensemble vous êtes allées chez un marchand de chaussures, vous avez acheté les mêmes tennis que celles que vous avez aux pieds, mais d'une autre couleur, elles sont dans votre sac. En sortant du magasin, un agent vous a fait la morale parce que vous traversiez au vert, plus tard, vous…

Elle me coupe :

— Pourquoi vous avez fait tout ça ? Vous vous entraînez pour être détective ?

— Même pas, ce que j'avais à vous dire n'était pas aussi facile que ça en a l'air, j'attendais le moment idéal, j'attendais surtout d'avoir juste un petit peu de courage pour vous aborder, voilà, c'est fait. Je ne veux pas vous embêter davantage.

— Vous ne m'embêtez pas. En tout cas, c'est un compliment très agréable à entendre, et je vous remercie.

— Non, c'est moi qui vous remercie, je m'appelle Thomas, dis-je en lui tendant la main.

Elle me serre la main, me regarde, intriguée et rieuse, puis finit par dire :

— Moi, c'est Colette.

— Colette ? Ça, pour le coup, c'est une coïncidence.

— Pourquoi ? Vous connaissez d'autres Colette ?

— Non, je n'en connais aucune autre, à part celle que vous avez entre les mains : vous vous appelez Colette, et vous lisez un roman de Colette.

— Ah oui, tiens, c'est vrai.

Le temps semble flotter. Je n'ai aucune raison de m'incruster, de l'empêcher de terminer le roman de son homonyme, et pour lui dire quoi du reste ?

— Bon, eh bien, au revoir, Colette.

Je me lève, on se serre encore la main, alors qu'on vient de le faire il y a quelques secondes.

— Paris est grand, on ne se reverra sans doute jamais, mais c'est pas grave, je suis heureux d'avoir pu vous dire ce que je voulais vous dire.

— Merci. Eh bien, au revoir, alors.

Je m'éloigne du banc, de Colette, des cheveux courts, des tennis de rien, du sac en raphia, d'une jeune fille trop jeune, décidément, c'est comme si, à chaque fois, j'arrivais trop tôt, ou trop tard. Mais c'était peut-être bon signe. Ça voulait dire que je me rapprochais du but, insensiblement. Ou bien que je m'en éloignais. Je ne sais pas. Mais c'était le signe de quelque chose.

Je ne me suis pas retourné. Pas question de constater que Colette s'était déjà remise à sa lecture. Quand je suis assez loin, après avoir obliqué dans une allée adjacente, je sors mon portable. Et je tombe à nouveau sur Sandrine.

— Allô, c'est Thomas, juste pour dire que je vais beaucoup mieux et que je serai là demain.

Et c'est vrai que, d'une certaine manière, j'allais beaucoup mieux.

8

Le temps passe

Le temps passe à la vitesse du TGV. Un an plus tard, le bilan est vite fait.

Ma mère vit toujours. À son grand étonnement. Mais elle s'y fait. Avant-hier, elle m'a demandé :

— Thomas, tu penses qu'il vaut mieux être pessimiste gai ou optimiste triste ?

— Je sais pas, maman… Essaye optimiste gai.

— Tu ne réponds pas à la question. Optimiste gai n'avance à rien, pas plus que petit nain ou grand géant. Alors ?

— Franchement, je sais pas… Tu es sûre que c'est la seule alternative ?

— Je n'en vois pas d'autre.

Et elle a quitté la pièce en commentant à mi-voix :

— Oh, et puis, pour le temps qu'il me reste à vivre…

Mon père est toujours vétérinaire.

Ma sœur Francine s'appelle toujours Francine.

Mon ami André est parti en Inde, en emportant mon cadeau d'anniversaire, le mien étant le seul survivant des trois, pour lui faire connaître son pays d'origine. En fait, comme je sais combien c'est compliqué de voyager avec un animal, je pense qu'André l'a confié au restaurant indien d'en bas de chez lui et que l'animal a sans doute été servi le soir même à des clients, mais est-ce une fin si terrible que cela, pour un cochon d'Inde, que de finir en brochettes au Taj Mahal ?

À part ça, je suis toujours aussi heureux de travailler au Stylo de Vénus. Madame Capliet est toujours aussi charmante. Les trois vendeuses égales à elles-mêmes, on s'entend bien, ça va.

Je n'ai pas eu la chance de croiser à nouveau Colette.

Et je n'ai toujours pas rencontré la femme de ma vie. Il me reste donc un peu moins de deux ans. Je ne désespère pas, au contraire, surtout depuis que j'ai consulté une voyante. Elle m'a inspiré confiance, car, au lieu de se bombarder « Madame Irma » ou « Princesse Fatima », elle s'était contentée de scotcher ce panneau derrière la fenêtre de sa caravane : « Madame Catherine – Prédictions vérifiées », ce qui, à mon goût, faisait professionnel. Et en effet, quand je lui ai demandé si j'allais bientôt rencontrer la femme de ma vie, elle m'a dit :

— Dans moins de deux ans vous ferez une rencontre inespérée, non loin d'une gare, peut-être même dans un train, et toute votre vie en sera bouleversée, je parle de votre vie sentimentale, mais votre vie professionnelle également, car je vois aussi un changement important de ce côté-là.

Où voyait-elle tout ça ? Mystère. Elle avait un

physique austère, aurait pu tout aussi bien être proviseur de lycée ou pharmacienne, mais non, elle était voyante, portait un petit tailleur strict, ne faisait pas brûler d'encens, n'avait pas de boule de cristal, pas de cartes magiques, ni marc de café, ni chouette sur l'épaule, n'a pas regardé l'intérieur de ma main, et a d'ailleurs à peine levé les yeux sur moi. Aucun tralala, aucune fioriture, une vraie professionnelle, donc.

— Et tu fais confiance à une voyante ? me dit ma sœur au cours du déjeuner dominical.

— Absolument, totalement, et définitivement confiance.

— Qu'est-ce qui te fait croire qu'elle t'a dit la vérité ?

— Eh bien, par exemple, elle m'a prédit que nous aurions un fraisier pour le dessert.

— Ça, c'est pas difficile, ironise mon père, y en a tous les dimanches.

— Oui, mais elle, elle ne le sait pas !

— De toute façon, ton extralucide s'est plantée, dit ma mère en apportant le gâteau, il n'y avait plus de fraisier chez Barthélemy (Barthélemy étant le boulanger-pâtissier chez qui nous étions clients depuis des années et des années), j'ai pris un Paris-Brest.

— Je plaisantais, vous n'imaginez quand même pas que je vais consulter une voyante pour connaître le menu du dimanche !

— Ce que je n'imagine pas, moi, conclut mon

père, c'est que tu ailles consulter une voyante, voilà ce que je n'imagine pas.

— Et pourquoi ?

— Parce que les voyantes inventent un avenir parfait pour plaire aux clients, et puis après quelques mois, quand on se rend compte que c'était n'importe quoi, que rien de ce qu'elles avaient prédit n'est arrivé, on retourne les voir, pour leur demander des comptes, et hop, comme par enchantement elles ne sont plus là.

— Qu'est-ce que tu en sais, tu as déjà consulté ? a risqué ma sœur.

— Moi ? Jamais !!!

Il a dit ça très en colère, j'ai cru qu'il allait quitter la table rien que pour avoir été soupçonné d'avoir pu un jour consulter une voyante. Et puis non, il s'est radouci, faut dire que c'était le moment du dessert, alors il a laissé tomber cet argument définitif, comme on sortirait un joker de sa manche :

— Vous n'avez jamais remarqué que les voyantes sont presque toujours dans des caravanes ?

— Si. Bien sûr. La mienne l'était.

— Et tu sais pourquoi ?

— Non.

— C'est pour pouvoir changer de quartier tout le temps, pour qu'on les retrouve jamais, comme ça elles peuvent raconter toutes les inepties qu'elles veulent, le seul fait que ta voyante ait été dans une caravane prouve qu'elle t'a prédit n'importe quoi.

— Admettons. On verra bien.

Et nous avons parlé d'autre chose, le chapitre voyantes, que je n'aurais jamais dû ouvrir, était clos, mais, je ne sais pas pourquoi, j'étais sûr que cette femme au physique de contrôleur fiscal ne s'était pas trompée.

Le gros problème de la femme de votre vie, c'est que si elle existe, elle est forcément quelque part, mais que si on ne se trouve pas dans le même quelque part au bon moment, il n'y a pas de danger qu'on la croise jamais. Pareil pour elle, bien sûr. Il y a donc une part énorme laissée au hasard. Ce qui du reste ne me dérange pas, étant plutôt joueur. Le mieux, c'est quand même de se dire qu'il n'y a pas qu'une seule femme de votre vie, mais beaucoup, en tout cas plusieurs, ce qui rassure un peu, en augmentant les chances de rencontres. Encore que je suis sûr qu'il y a des gens qui se ratent tout le temps, finissent par épouser une autre femme que celle de leur vie, mais au moins, celle-là, ils l'ont rencontrée (comment leur jeter la pierre ?), et c'est comme ça que l'on connaît tant de couples qui ne vont pas trop bien ensemble, mais qui en gros s'en satisfont. Et puis un jour, au détour d'une rue, chez un commerçant, chez des amis, en vacances, ils rencontrent une femme formidable, la femme qu'ils auraient adoré épouser, une femme libre, idéale, et qui en plus ne semble pas insensible, une femme possible en somme, sauf que c'est trop tard, ils sont déjà mariés, n'ont pas envie de tout foutre en l'air, alors que s'ils avaient eu un peu plus de patience...

Moi, ça va, je n'ai pas besoin d'être patient : moins de deux ans. C'est vite passé.

9

Louise

L'autre jour, au magasin, il est arrivé quelque chose de vraiment singulier. Tout d'abord, profitant d'un moment calme de la journée, en début d'après-midi pour être précis, Louise, ma préférée des trois vendeuses, la brune avec les cheveux en queue-de-cheval, celle qui commence souvent ses phrases par « ben oui » ou « ben non », Louise donc rompt le silence temporaire du magasin.

— J'ai quelque chose à vous annoncer, dit-elle.

Et à son expression, au ton neutre qu'elle avait employé, il était impossible de savoir si c'était une bonne ou une mauvaise nouvelle, mais ça avait le mérite d'en être une, donc c'était intéressant.

— Ah bon ?... Oui... C'est quoi ?... C'est grave ?..., faisons-nous dans un unisson disparate.

— Ben non, voilà : je vais me marier.

— Avec ton fiancé ? fait Yvette.

— Ben oui, bien sûr, sinon c'est pas la peine d'avoir un fiancé !

— C'est merveilleux ! Je suis très heureuse pour

vous, Louise, dit madame Capliet en prenant
Louise dans ses bras pour l'embrasser.

S'ensuivent d'autres embrassades, des vœux de
bonheur, sincères, même de la part de celles ou
celui qui n'ont pas encore trouvé chaussure à leur
pied, mais rien ne presse, le tour de chacun viendra, en tout cas on était tous heureux pour elle.

— C'est une très bonne nouvelle, Louise, vous
avez de la chance de vous marier, je fais, moi aussi
je suis heureux pour vous.

— Et c'est pour quand ? demande Sandrine.

— On sait pas encore. Mais bien sûr, vous serez
tous invités !

— J'espère que vous continuerez à travailler
avec nous, s'inquiète madame Capliet.

— Ben oui, pendant quelque temps, si vous voulez bien, mais après, Jean-Marie (Jean-Marie, c'est
mon fiancé) voudrait qu'on s'installe en province.

— Ah bon, la province ? Quelle idée ?… Enfin,
dites-lui que le plus tard sera le mieux.

On aurait pu continuer longtemps à épiloguer
sur le mariage de Louise, lui poser toutes les questions qui nous venaient, à propos de sa robe de
mariée, d'où aurait lieu la noce, d'à quand remon-
tait la décision, de ce que faisait son fiancé dans la
vie, de depuis combien de temps ils se connaissaient, pour ma part, j'aurais même pu dire à Louise
que ses jupes courtes et ses longues jambes allaient
me manquer, mais de tout cela rien du tout, puisque
là-dessus un client barbu a poussé la porte du maga-

sin, suivi de quelques autres, pas barbus quant à eux, même qu'il y avait des clientes, c'est à croire qu'ils s'étaient tous donné le mot, en tout cas Le Stylo de Vénus honorait sa réputation de papeterie fort bien achalandée, et si nous n'avons pas pu en savoir plus pour le moment à propos du mariage de Louise, nous savions que ça allait avoir lieu, qu'elle était heureuse, et nous aussi, ce qui est l'essentiel, n'est-ce pas.

Jusqu'à la fin de la journée, il y eut toujours au moins un client ou une cliente, ce qui fait que nous n'avons pu reparler du mariage de Louise que beaucoup plus tard, dès qu'il y a eu enfin un moment de calme, dans lequel madame Capliet s'est engouffrée illico presto afin de s'informer des détails qui nous manquaient. Mais qui n'avaient pas, je précise, un intérêt fracassant, en regard de ce qui s'était passé dans le courant de l'après-midi.

Car le plus singulier, en effet, s'était passé dans l'après-midi :

— Il faudra re-commander des enveloppes auto-collantes kraft 21×29,7, je dis à madame Capliet.

— Non, ça va, répond Louise, il en reste deux cartons dans la réserve, venez, Thomas, je vous montre où.

J'adore la réserve. Ça sent comme j'aime. Il y a des stylos, des ramettes, des feutres, des enveloppes, des cartouches, des post-it, des bouteilles d'encre, en abondance, une accumulation, un arsenal, tout ça et tout le reste rangé, étiqueté, répertorié, classé, sur des rayonnages qui montent jusqu'au plafond. Comme si on avait entassé en prévision d'une guerre. Louise a déplacé l'échelle qui permet d'atteindre les rayons les plus élevés.

— C'est là-haut, qu'elle me dit.

Avant de monter sur l'échelle, elle précise :

— Ne regardez pas.

Et puis elle commence à monter sur l'échelle que je maintiens pour plus de sécurité.

— Où elles sont ?... J'étais sûre qu'elles étaient par là...

Ne pas regarder, alors qu'il suffit de lever légèrement les yeux pour voir les jambes de Louise jusqu'en haut des cuisses, sans compter que je me demande si elle ne fait pas exprès de ne pas trouver tout de suite le carton d'enveloppes, afin de s'offrir plus longtemps à mon regard, je n'en suis pas sûr, mais je me demande. Elle se penche sur le côté, tend son corps et son bras, presque en déséquilibre.

— C'est bizarre, c'est moi qui les ai rangées la dernière fois.

Elle se hisse, se tend, se déplie, s'arque, se cambre, ne tient plus que sur une jambe, l'autre est en l'air, elle pourrait tomber, elle ne tombera pas, tout cela est trop merveilleux pour mal finir.

— Ah, les voilà. Il vous en faut combien ?

— Une cinquantaine, ça ira, maintenant je sais où elles sont.

Louise redescend de l'échelle avec les enveloppes.

Elle me regarde en souriant.

C'est curieux, normalement je devrais rougir un peu, ou beaucoup, et puis non, rien, à part un réel trouble intérieur, peut-être bien que je grandis enfin.

— Vous savez, Thomas, ça me serait facile de mettre un pantalon ou une jupe plus longue, en fait j'aime bien qu'on me regarde, voilà, c'est pour ça.

— C'est pour ça quoi ?

— C'est pour ça que j'ai mis du temps à retrouver le carton d'enveloppes.

Un temps de silence. Je ne peux ajouter quoi que ce soit, en fait je ne peux rien dire. À part ça :

— Il a de la chance, votre fiancé, de partir avec vous en province.

— Ben oui, mais c'est pas tout de suite, et puis je reviendrai. Tenez, vos enveloppes.

Elle me les tend, en déposant sur mes lèvres un baiser furtif. Là-dessus, nous retournons dans le magasin, comme si de rien n'était, sans que le moindre regard complice entre nous vienne commenter ce qui vient de se passer, chacun restant sur sa réserve, c'est d'ailleurs l'expression qui convient, puisque c'était justement dans la réserve que nous étions.

C'était un samedi, je m'en souviens comme si c'était hier, d'autant que la journée n'était pas finie, et que d'autres surprises imprévues m'attendaient, ce qui n'a rien d'étonnant, quand on sait que le principe même d'une surprise, c'est de ne pas être prévue, ou alors c'est plus une surprise.

Toujours est-il que, peu de temps après l'épisode « Louise grimpée sur l'échelle de la réserve », madame Capliet me demande :

— Qu'est-ce que vous faites de votre soirée, Thomas ?

— Rien de spécial, je réponds.

— Et vous faites quoi, quand vous ne faites rien de spécial ?

— Ben, je sais pas, je vais voir…

Souvent, le samedi, on fait des trucs avec André, il a toujours des idées originales, des gens à voir, des occasions de boire des verres de vin blanc, des fêtes d'un soir, des trucs de samedi, quoi, mais comme il est parti hier en Inde, je m'étais fait à l'idée de rester chez moi, me faire livrer une pizza et regarder un DVD.

Alors je dis :

— Je vais rester chez moi, me faire livrer une pizza et regarder un DVD.

— Vous en avez de la chance, me dit Arlette, moi c'est mon rêve de m'enfiler une quatre-saisons en regardant un film nul. Ou pas… Mais ce soir, pas possible, on sort chez les Bourdieux, des amis à mon mari. Des amis assommants, inutile de vous dire. Et quand on sera sur le point de passer à table, la dernière noix de cajou avalée, j'aurai une pensée pour vous, Thomas, affalé sur un canapé mou, avec un carton de pizza sur les genoux, et un film devant les yeux… Oui : vous en avez de la chance !…

Tout le monde, c'est-à-dire Louise, Yvette et Sandrine, semble d'accord avec madame Capliet, que j'ai une chance pas possible d'avoir un samedi soir aussi magnifiquement creux, on m'envie, on me jalouse, alors que, franchement…

On en est là, chacun vaque, les clients se suc-
cèdent, c'est samedi. C'est alors que le téléphone
sonne. Madame Capliet décroche :

— Allô, Le Stylo de Vénus.../... Ah, c'est toi ?
Qu'est-ce qui se passe ?.../... Oui.../... Bon.../ ...
(fausse :) Mon Dieu, quel dommage, moi qui me
faisais une joie de... Ben tant pis, c'est pas grave,
ce sera pour une autre fois.../... En fait, même
que ça tombe bien, je vais pouvoir rester ici pour
l'inventaire.../ ... Non, ne m'attends pas, je rentre-
rai tard. À cette nuit.

Et elle raccroche. Juste au moment où un client
ressort avec des cartouches pour son Schaeffer et
que le magasin est momentanément vide.

C'est là qu'elle nous dit :

— Pas de soirée chez les Bourdieux, un empê-
chement de dernière minute, alors voilà : je vous
propose de ne pas laisser tomber Thomas, surtout
un samedi soir, et de passer la soirée avec lui. Qui
peut ?

En fait, les trois vendeuses, que cette perspective
inattendue amuse secrètement, et que je soupçonne
d'être curieuses de voir où et comment j'habite (à
défaut de savoir avec qui), parce que c'est toujours
intéressant de découvrir l'appartement de quelqu'un, surtout quelqu'un qu'on connaît, les trois
vendeuses, donc, voyez-vous ça et comme par
hasard, sont toutes libres.

— Eh bien alors, nous serons quatre. Qu'est-ce
que vous en dites, Thomas ?

— Je trouve ça très bien, Arlette. Oui, vraiment
très bien. C'est une bonne idée.

79

Pour être franc, je ne savais pas trop quoi penser. Que ma patronne, flanquée des trois employées, débarque chez moi, dans une manière de semi-improviste, était à la fois contrariant et plaisant. Mais, comme je n'avais pas le choix, et que de toute façon j'avais répondu que c'était une bonne idée, j'ai décidé que ce serait une bonne idée.

Madame Capliet a tout organisé en quelques secondes, comme une patronne, qu'elle était, ça a donné :

— Les filles, vous vous occupez des pizzas, moi, j'apporte le vin, vous, Thomas, vous choisissez le film. On ferme à 19 heures, si nous sommes chez vous à 20 heures, ça vous va ?

Oui, ça allait très bien, de toute façon, fallait bien que ça aille, vu que le « ça vous va ? » n'était pas vraiment une question, et qu'en plus deux ou trois clients entraient au Stylo de Vénus, l'un avec des cartes postales choisies sur un des tourniquets extérieurs, l'autre pour acheter des crayons HB, le troisième pour voir ce que l'on avait comme papier-cadeau, bref le commerce reprenait, ce n'était donc pas le moment de faire des commentaires à propos de la soirée qui nous attendait et des décisions de madame Capliet.

Tout en mettant en rouleau les divers papiers multicolores choisis par mon client, je pensais à chez moi, à ce que j'aurais pu laisser traîner, à ce qu'elles pouvaient découvrir de navrant, au temps que j'aurais entre le loueur de DVD et leur arrivée, et puis non, le passage en revue de mon appartement quitté le matin ne me faisait entrevoir rien de compromettant, oui c'est vrai j'aime bien l'ordre, je laisse rarement traîner quoi que ce soit, faut dire que c'est petit chez moi, et que si je ne range pas au fur et à mesure ça devient vite le bordel.

— Vous serez indulgentes, je dis, une fois que mon client s'en va avec son rouleau fleuri sous le bras, c'est petit chez moi, disons que c'est pas grand, on sera un peu les uns sur les autres…

— « Les uns sur les autres », vous avez de ces expressions, Thomas ! glousse madame Capliet, et les vendeuses, qui ne sont pas à une glousserie près, gloussent aussi.

Je rougis légèrement. Normal.

À sept heures moins cinq, une cliente entre dans le magasin, madame Capliet lui dit « Excusez-nous, on ferme, on est en inventaire, faudra revenir mardi », la cliente regarde sa montre, hoche la tête, mais n'ose rien dire et s'en va. Comment pourrait-elle deviner que le personnel féminin du Stylo de Vénus est pressé de baisser le rideau pour aller passer la soirée chez le personnel masculin ?

À sept heures, le rideau de fer est baissé, la boutique boutiquée, chacun part dans une direction précise, qui vers une échoppe de pizzas à emporter, qui vers le Nicolas le plus proche, et moi vers mon vidéo-club habituel, où je n'ai pas l'intention de traîner. Je prends un film de Bollywood, que j'ai déjà vu, qui devrait leur plaire, et qui sera un peu comme un hommage à André, qui, sans le vouloir, depuis Bombay, a provoqué cette soirée, car s'il avait été parisien, nous serions sans doute sortis ensemble, lui et moi.

Et je file chez moi.

Où rien ne traîne en effet. Ce goût de l'ordre. Ou plutôt : cette hantise du désordre. Aération, par acquit de conscience. Rapide coup d'œil circulaire. Passage éclair dans la salle de bains pour une giclée d'eau de toilette. Fermeture de la fenêtre. Nouvelle giclée de parfum, d'intérieur celui-ci, « Herbe coupée », on se croirait à la campagne, j'aime bien. Dring, elles sonnent. Elles arrivent toutes les quatre ensemble. Sifflements admiratifs.

— Mais c'est charmant, chez vous, Thomas !

(Et pourquoi ça serait pas charmant ?)

— Et ça n'est pas si petit que cela…

(Je crois entendre une nuance de déception dans la voix, rapport à la formule « nous serons un peu les uns sur les autres », mais je n'en suis pas complètement sûr.)

— Et puis ça sent bon.

(Ben oui, forcément.)

— Vous-mêmes, vous sentez bon.

(Forcément aussi.)

Enfin, les voilà qui se défont, on ouvre les cartons de pizza, je débouche les bouteilles, un travail d'homme il paraît, et comme je suis le seul en piste, je m'y colle, avec plaisir du reste. Madame Capliet visite l'appartement, 30 mètres carrés, c'est vite fait, et confirme que c'est vraiment charmant chez moi, et pas si petit que ça, faut dire que c'est bien conçu, vous avez su tirer parti du moindre espace.

Un peu plus tard, nous nous retrouvons tous les cinq assis en tailleur sur la moquette verte, comme pour un pique-nique intérieur sur herbe synthétique, ça sent la pizza, le vin est bon, les filles sont un peu paf, on continue à boire en regardant le film, qui leur plaît beaucoup, mais qui est très long, résultat, on se quitte vers une heure du matin, aucune importance, demain c'est dimanche.

Elles sont parties depuis dix ou quinze minutes, j'aère, car je n'aime pas m'endormir dans l'odeur de fromage fondu, ça sent vite la vieille chaussette, je range un peu, je finis un fond de verre, et voilà qu'on sonne à ma porte.

J'ouvre.

C'est Louise.

Elle est seule. Immobile. Debout sur le paillasson. Souriante. Léger flottement.

— Vous avez oublié quelque chose ?

— Non *(silence)*. Je peux entrer ?

— Oui... bien sûr.

Elle entre. Je referme la porte, contre laquelle je reste adossé. Je regarde Louise de dos. Elle marque un temps. Sans bouger. Puis elle se retourne vers moi. Me regarde. S'approche. Nous nous embrassons.

Nous avons fait l'amour presque aussitôt. Sans rien nous dire. Sans chercher à comprendre. Si ce n'est nous rendre compte que nous en avions autant envie l'un que l'autre. Louise était parfaite. Légère, rieuse, passionnée.

Un peu plus tard, nous buvons encore un peu de vin, entortillés dans des draps, des serviettes, des coussins. Le plafond s'éclaire par intermittence du néon alterné bleu/rouge du cinéma d'en bas. Entre deux gorgées, Louise me dit :

— Voilà, j'ai enterré ma vie de jeune fille, ça sera notre secret, jurez-moi que personne ne saura jamais, même pas votre meilleur ami.

— Je vous le jure.

Nous sommes restés longtemps comme ça, entre caresses, silences et banalités chuchotées, à ne pas voir le temps filer. On était bien. Et puis surtout : ça me plaisait infiniment que, en dépit de ce qui venait de se passer, nous ne soyons pas tombés dans le cliché du tutoiement.

— Vous savez, a dit Louise, tout à l'heure, quand nous nous sommes quittés, je savais que j'allais remonter. C'est au cours de la soirée, pendant le film, que ça m'est venu. Comme une certitude. Vous voyez ?

— Oui.

— Ça ne vous est jamais arrivé ?

— Quoi ?

— Ce genre de truc, vous êtes dans une soirée, vous allez bientôt prendre congé, mais vous savez que vous allez revenir, parce qu'il y a quelqu'un, là-haut, que vous avez envie de revoir, quand tous les autres seront partis.

— Souvent, oui. Sauf que je ne suis jamais remonté.

— Pourquoi ?

— Sais pas. Peur de me planter. Manque de culot.

Elle m'a regardé avec une mine mutine mâtinée d'un air de rien, une mine qui n'annonce pas la couleur, juste une hésitation, comme une parenthèse, puis elle a abandonné le vous tacitement consenti, pour le tu jusqu'alors évité, une forme de mutinerie, sa mine aurait donc dû m'alerter. Elle a dit :

— Tu me trouves culottée ?

— Très. Mais c'est vous qui avez raison. De l'être. Culottée.

Résistance passive de ma part, pour exprimer mon goût du vous, et je m'en félicite, car la voilà qui baisse les yeux, comme une fillette prise en faute. Un temps.

— En fait, vous savez, c'est marrant, mais le plus difficile a été de fausser compagnie aux autres, sans qu'elles se doutent, me revouvoie-t-elle.

— Comment avez-vous fait ?

— Madame Capliet a voulu nous raccompagner toutes les trois en voiture, elle n'avait pas sommeil, j'ai dit que j'allais plutôt prendre un taxi, et justement en voilà un qui passe, je demande si quelqu'un d'autre veut en profiter, heureusement personne, je monte dans le taxi, qui démarre, on prend la première rue à droite, on fait 200 mètres, je lui dit de m'arrêter là, je m'excuse, je lui donne l'argent, je descends avant qu'il puisse dire ouf, je reviens vers chez vous, j'attends sous un porche, pour être bien sûre que les autres ne sont plus là, je monte et je sonne. Voilà.

— Vous voulez encore un peu de vin ?

— Je veux bien.

Elle m'a parlé de son fiancé. Qu'elle connaît depuis quelque temps. Qui travaille à la BNP. Et qu'elle aime.

Elle n'a pas voulu rester dormir. Elle est partie un peu avant six heures du matin. Il faisait déjà presque jour.

10

Le lendemain de Louise

Le lendemain de Louise, c'est dimanche. J'ai dormi un peu, mais pas plus que ça. En fait non, pas du tout.

J'ai rangé mon appartement. C'est pas qu'il était en désordre, mais j'aime bien que chaque chose soit à sa place, et une soirée pizzas-vin-DVD à quatre plus un, avec retour inopiné d'une des quatre et nuit passée avec, ça laisse forcément des traces, alors ménage sans me ménager, cela dit c'est vite fait, puisque 30 mètres carrés donc.

Pour être franc, en plus du plaisir que j'ai à mettre de l'ordre, je rêve de trouver quelque chose qui appartiendrait à Louise, qu'elle aurait perdu, oublié, ou laissé ici exprès, boucle d'oreille, montre, lunettes, bracelet, bague, vêtement, tube de rouge, poudre, mascara, mais non, rien à elle chez moi, et peut-être que c'est aussi bien comme ça, sinon je me serais fait des idées, et des idées, je sais bien que je ne dois pas m'en faire, puisqu'elle était remontée juste pour enterrer sa vie de jeune fille, avant son mariage dans quelques semaines, c'est en tout cas ce qu'elle m'avait dit, et moi bien sûr je l'avais crue.

Ensuite, direction la maison des parents, le fameux déjeuner du dimanche, «fameux» n'ayant rien d'ironique, car cette habitude hebdomadaire ne me déplaît pas, ça me permet de voir que ma mère est toujours vivante et qu'elle n'en revient pas elle-même, que mon père s'emmerde toujours dans son travail, lui qui rêvait de soigner des dromadaires, des lamas, des condors, des ornithorynques, des tapirs, des fourmiliers, des toucans, et doit se contenter, depuis tant et tant d'années, de meutes de matous et de cohortes de bassets, il en a donc un peu marre, et que ma sœur Francine est de plus en plus jolie, elle doit avoir un amoureux, c'est pas possible d'être jolie comme ça, mais je ne vais pas mettre les pieds dans le plat du dimanche, si elle veut se confier, elle le fera d'elle-même.

— Tu n'as pas faim ? me demande, déçue, ma mère, quand elle me voit chipoter le plat dont je raffole d'ordinaire.

— Non, pas trop.

— T'es patraque ? insiste mon père.

— Non non, c'est hier soir, je suis sorti avec des amis, on s'est couchés tard, j'ai pris mon petit déjeuner y a pas si longtemps.

— Quels amis ? veut savoir ma sœur.

— Heu… André… et puis d'autres que vous connaissez pas.

— André ? Il est pas en Inde ?

— Si… mais pas encore… il a dû décaler son

départ… une couille de la compagnie d'aviation… tout compte fait il part que demain…

Pourquoi ce mensonge, alors que c'était si simple de dire que madame Capliet et les trois vendeuses du magasin étaient venues manger une pizza chez moi ? Des fois, je suis vraiment trop con.

Un silence. Je suis certain que ni père ni mère ni sœur ne croient un traître mot de ce que je viens de dire. On me regarde en coin. On me soupçonne. On flaire. On imagine. On suppute. Puis ma mère laisse tomber :

— Alors comme ça t'es amoureux ?

Je réponds que couic. Je la questionne du regard, tellement scié que je ne pense même pas à rougir. Elle complète son diagnostic :

— Quand on est amoureux, on a moins d'appétit. Ta sœur, par exemple, qui, elle, fait moins de cachotteries que toi, eh bien, elle a rencontré quelqu'un, alors elle a moins faim qu'avant, note bien c'est de son âge, et si toi t'es amoureux aussi, ça va me simplifier les menus des dimanches, heureusement que votre père a toujours un bon coup de fourchette.

Notre père, qui se doit de préciser :

— C'est vrai, mais quand j'ai connu votre mère, je ne mangeais quasiment plus rien, limite anorexique, tellement je l'aimais.

— Et puis les années ont passé…, ajoute-t-elle en regardant son mari se resservir.

Échange muet avec Francine, dont les yeux me confirment «oui, j'ai rencontré quelqu'un, mais c'est comme ça, rien de vraiment sérieux, rien de définitif, on verra bien, en tout cas pour l'instant je suis heureuse », c'est fou ce qu'on peut se dire rien qu'avec les yeux.

— Si ça se trouve, ta sœur me donnera un petit-fils avant toi.

— Maman ! On fait pas la course, je t'ai déjà dit !

— Oui. Je sais. De toute façon, course ou pas course, c'est dans tellement longtemps tout ça…

Et nous savons bien à quoi elle pense, elle se lève avec une dignité d'actrice de mélodrame, emporte le plat dans la cuisine où, si tout va bien, elle va peut-être mourir. Et puis non, la voilà qui revient avec le dessert, dont elle nous dit que si elle avait su, elle l'aurait pris moitié moins gros. Mais comme nous sommes de gentils enfants, nous détestons décevoir nos parents, surtout notre mère, qui s'est fendue d'un gâteau trop grand, alors, Francine et moi, nous lui faisons honneur, au gâteau, elle, comme si elle n'était plus amoureuse le temps du dessert, moi, comme si je ne pensais plus à Louise.

— Ah… vous me faites plaisir, a dit ma mère, attendrie.

Ensuite de quoi, après café et calvados de tradition, j'ai embrassé mes parents, ma mère m'a serré fort dans ses bras, comme à chaque fois, puisque persuadée que chaque fois est la dernière fois, quant à Francine, je lui ai dit qu'elle était de plus en plus jolie, « merci » qu'elle m'a répondu, je lui ai demandé quand elle me présenterait son fiancé, « je sais pas, on verra », et je n'ai pas plus insisté que cela. On s'est fait au revoir de la main depuis le bout de la rue, j'ai tourné le coin, et je me suis engouffré dans le RER.

C'était dimanche, je n'avais rien de spécial à faire, et sans réfléchir je me suis retrouvé dans le jardin public où, il y a quelque temps, j'avais eu le culot d'adresser la parole à cette adolescente si jolie qui lisait Colette : Colette. Je levais la tête, pour regarder le haut des arbres, le plus longtemps possible, puis je baissais le regard, à nouveau au niveau des piétons, espérant que Colette serait assise là, sur le banc d'en face. Mais ça n'a pas marché, ce genre de combine ne marche jamais. J'avais Louise en tête, et je venais m'asseoir sur le banc de Colette, ce qui était quand même assez gonflé, en fait pas tant que ça, car il n'y avait pas beaucoup de chances pour que Colette revienne là aujourd'hui, aucune chance même, je dirais. Quant à Louise, l'avoir en tête était la moindre des choses, encore que j'aurais préféré l'avoir dans mes bras, mais à cette heure, un dimanche, elle devait être dans ceux de son fiancé.

Des enfants couraient dans tous les sens, des mamans les appelaient par des prénoms insensés, tout ça sentait bon le dimanche après-midi.

— Je ne vous ai pas déjà rencontré quelque part ?

Je me retourne : une fille souriante, genre vingt-cinq ans guère plus, et qui a le culot de renverser les rôles en posant la question que les garçons posent aux filles, enfin, les autres garçons, parce que pour ma part, je ne me suis jamais risqué à ce genre de banalité, même quand c'était vrai que j'avais déjà rencontré la fille quelque part.

— Bonjour, je fais, heu… non, je sais pas, peut-être, oui, mais où ?

— Je suis serveuse au restaurant Chez Raoul, sur le boulevard, vous êtes peut-être venu déjeuner ou dîner un jour ?

— Non, jamais. Désolé. Mais si vous travaillez Chez Raoul, alors c'est vous qui avez dû venir un jour au Stylo de Vénus, la papeterie à côté du restaurant, acheter quelque chose, et comme je suis vendeur là-bas…

Elle se tape le front comme un commissaire de série télé, s'assied à côté de moi.

— C'est ça, vous êtes le vendeur de la papeterie, un jour je suis venue acheter une gomme, c'est vous qui m'avez servie, je vous ai demandé ce que vous aviez de mieux comme gomme, de plus efficace, vous m'avez sûrement vendu une très bonne gomme, et ce qui est marrant, c'est que, malgré tout, je ne vous ai pas pour autant effacé de ma mémoire.

— Ah oui, en effet, c'est marrant, je fais.

— Le monde est petit, non ?

— Minuscule.

Et nous avons continué à bavarder à propos de banalités banales, de futilités futiles, de tout et de rien, elle s'appelait Amandine, son prénom l'avait d'abord incitée à travailler dans une pâtisserie, mais elle avait dû se contenter de serveuse chez Raoul, j'étais enchanté, je m'appelle Thomas, elle était enchantée aussi.

Ce qui est vraiment singulier dans cette rencontre, plus singulier encore que cette histoire de gomme, c'est qu'Amandine est blonde, avec les cheveux longs, elle a la peau claire, si ça se trouve elle mange du chewing-gum, peut-être même qu'elle fait des bulles avec : elle n'est donc pas une fille pour moi. Et du coup (comme aurait sûrement dit Sandrine, la vendeuse qui commence toutes ses phrases par « du coup »), du coup donc, elle ne m'intimide pas. C'est ainsi que nous avons fait connaissance, passé un après-midi calme, marché un peu, promis de nous revoir, chez Raoul ou chez Vénus, ou chez ailleurs. Sans blague, on aurait pu rentrer chez moi, boire un verre, faire l'amour, et ça n'aurait pas été plus compliqué que ça. Et puis elle a regardé sa montre, elle a dit « Oh, zut, je vais finir par être en retard ! », sans me dire en retard où ça, ce qui d'ailleurs ne me regardait pas, elle m'a embrassé sur les joues, « bon, ben au revoir, alors, c'est gentil de m'avoir tenu compagnie, à bientôt ? », et vlouf elle a filé, au moment où les mères commençaient à rapatrier leurs enfants aux prénoms pas possibles.

L'après-midi passé avec Amandine me confirmait que je savais être naturel, drôle, intéressant, avec une fille qui, a priori, ne m'intéressait pas plus que cela. En revanche, si secrètement j'en pince, je deviens vite stupide et maladroit. Je le sais. Je lutte. En pure perte. Sans réels progrès hélas. La peur de l'échec peut-être. Ou bien alors, plus simplement : est-ce que l'amour rend con ?

Dans ces conditions, si rencontrer la femme de

ma vie n'était pas, en soi, une péripétie complètement invraisemblable, la prendre dans mes bras et lui proposer de m'épouser serait une autre paire de manches. Mais je n'en étais pas exactement là non plus. Du moins pour l'instant.

11

Le lendemain du lendemain de Louise

Le lundi, la plupart des commerces sont fermés. Le Stylo de Vénus est un commerce comme la plupart. Donc clos. Je me suis retrouvé devant la grille baissée, la tête ailleurs, en tout cas pas la tête au lundi, mais pour être franc, pas la tête n'importe où, en fait la tête à Louise, que j'avais hâte de retrouver derrière les comptoirs de la papeterie pour continuer à vivre avec elle, et elle avec moi, exactement comme si nous étions quarante-huit heures plus tôt, samedi matin par exemple, au moment où rien ne s'était encore passé entre nous. Il y avait là une situation enivrante, voire grisante, allez savoir. Mais nous étions lundi matin, comme me le rappelait, un peu narquois, le rideau de fer. Il me faudrait donc attendre jusqu'à demain.

J'aurais bien passé un coup de fil à Louise. Pour lui dire bonjour. Lui dire que je pensais à elle. Lui proposer d'aller au cinéma. Ou bien à Montmartre. Ou bien au bord de la mer. Ou bien n'importe où.

Mais : 1. l'appeler ne respectait pas notre tacite loi du silence.

Sans compter que : 2. je risquais de tomber sur son fiancé, et alors là, boulette assurée, non merci.

Et de toute façon : 3. je n'avais pas son téléphone.

J'en étais là de mes oiseuses interrogations et vaseuses pensées, planté devant le magasin mutique et clos, comme si j'allais le faire s'ouvrir par la seule force de la pensée, quand une voix que je connaissais a fait, un peu sur ma droite :

— Ben, qu'est-ce que vous fichez là ?

Question à laquelle j'étais bien incapable de répondre. J'ai donc juste répondu :

— Rien.

Car c'est tout ce qui m'est venu, et qui a semblé satisfaire Amandine, en tenue de serveuse, sur le pas de la porte du restaurant Chez Raoul.

— Vous avez déjeuné ?

Je regarde l'heure, comme si la réponse était inscrite sur le cadran de ma montre.

— Non.

Je vais vers elle, on s'embrasse sur les joues. Elle se gondole.

— Bonjour. Vous avez oublié qu'on était lundi ?

— Bonjour. Non… c'est que… je croyais me souvenir que… heu… on devait faire l'inventaire aujourd'hui… J'ai dû me tromper de jour.

— Eh ben, entrez déjeuner, comme ça vous serez pas venu pour rien.

— Oui. Merci.

— Je vous invite pas, je suis que serveuse. Mais

si un jour je suis patronne, ça me fera plaisir. Je vous mets où ?

(Ah, ce genre de phrase, « Je vous mets où ? », dite sans la moindre arrière-pensée…)

Il est encore un poil tôt, le restaurant est vide, je me laisse tomber sur la chaise la plus proche. On mange des choses simples chez Raoul, mais je ne me souviens pas de ce que j'ai pris, car épris, confusément, très confusément, sans certitude, de cette Amandine, souriante serveuse, virevoltant entre les tables avec une souplesse naïve et spontanée, mi-jolie mi-pas jolie, sans chichis ni tralalas, normale, quotidienne, urbaine, pour ainsi dire piétonne, un peu ronde, et vraiment très sympathique, ce qui est sûrement aussi bien après tout, en tout cas pas intimidante pour un rond, ce qui la rendait encore plus sympathique, évidemment. J'avais la conviction qu'un jour, et sans doute dans pas longtemps, nous nous retrouverions tous les deux dans le même lit.

— Crème caramel ? crème brûlée ? clafoutis aux mirabelles ? faisselle-coulis fruits rouges ? nougat glacé ? (au moins je me rappelle la liste des desserts du jour).

— Je ne sais pas. Ce que vous voulez.

— Ah ben non, ça s'peut pas, c'est au client de choisir.

— Vous prendriez quoi, vous ?

— Je sais pas. Tout est bon…

Nous avons tiré au sort mon dessert, en jouant à la courte paille avec des cure-dents, c'est tombé sur nougat glacé, ça m'allait. J'ai pris un café. Réglé l'addition. Et je suis sorti du restaurant au moment où les premiers vrais clients arrivaient, j'ai lancé de loin un « au revoir » à Amandine, auquel elle a répondu par un « à bientôt » enjolivé de promesses diverses, qui confirmait ce que je pressentais, rapport au fait que nous terminerions dans les bras l'un de l'autre, un jour ou l'autre, ici ou là.

Oui, mais non : je ne pouvais pas avoir de relation sentimentale avec Amandine alors que j'étais en pleine recherche de la femme de ma vie (dans les feuilletons policiers, on ne propose pas au commissaire une nouvelle enquête s'il est déjà sur une autre). Ou bien alors, pour tout simplifier, je devais décider là, tout de suite, maintenant, qu'Amandine était la femme de ma vie.

Sauf que : la femme de ma vie sera une évidence aveuglante. Donc intimidante. Amandine n'est ni aveuglante, ni intimidante. Elle n'a pas les cheveux courts. Elle n'est pas brune. Peut-être même qu'elle mâche du chewing-gum. Etc. Ça n'est donc pas elle. Désolé.

Je ne sais plus ce que j'ai fait après avoir dit au revoir à Amandine, et ce qui restait du lundi est passé comme une lettre à la poste.

12

Le lendemain du lendemain
du lendemain de Louise

Ouf, mardi. Enfin.

Le Stylo de Vénus vient d'ouvrir. Tout le monde est un peu en avance, c'est toujours comme ça le mardi, comme si, après deux jours de repos, le commerce nous manquait. Tout le monde dit bonjour à tout le monde, et inversement. C'est bien ce que je pensais : embrasser Louise sur les joues comme si de rien n'était, poser le courrier sur la caisse, sortir avec elle les tourniquets des cartes postales, nourrir les poissons rouges d'une pincée de daphnies, et autres activités rituelles d'ouverture du magasin, oui, faire tout cela, sans que le plus infime indice puisse nous trahir, ni regard, ni sourire à la dérobée, ni geste, ni frôlement, ni mot, ni non-dit, ni sous-entendu, rien, même pas ça, est à peine imaginable, et pourtant. Je sens bien que cette situation nous plaît à tous les deux, d'autant qu'elle en est l'initiatrice, l'inventrice, l'autrice.

Madame Capliet arrive à son tour, pomponnée pimpante comme à l'accoutumée. Elle bise le personnel, féminin, masculin, s'enquiert de si tout va bien, de si nous avons nourri les poissons, et puis laisse tomber cette phrase :

— Au fait, Thomas, samedi soir, c'était vraiment une très bonne soirée chez vous !

— Merci Arlette.

— Nous ne vous avons pas laissé trop de désordre ?

— Du désordre ? Non, du tout.

— Ben si, Thomas, quand même un peu…

C'est Louise qui vient de dire ça, avec juste ce qu'il faut d'espièglerie dans la voix pour briser, pendant une seconde, la loi du silence consentie entre nous. Mais ce sera la seule entorse du mardi, et de toutes les journées suivantes : nous avions été amants, le temps d'une nuit, et personne, à part nous, ne le saurait jamais.

Le reste de la journée se passe normalement, du moins normalement pour une papeterie dans laquelle vont et viennent des clients qui trouvent ce qu'ils cherchent, ou qui ne trouvent pas, ou qui parfois préfèrent réfléchir, jusqu'à ce double événement parfaitement singulier, surtout pour moi, il était vers 15 heures :

Un client est entré, un homme âgé, sec, habillé tout en noir, il retire son chapeau, marmonne un inaudible bonjour qui se perd dans sa moustache finement taillée, marque un temps, regarde autour de lui, puis le bout de ses chaussures, comme étonné qu'elles aient pu l'amener jusque-là, enfin il relève le nez, se dirige vers moi, alors que je lui tourne le dos, exprès : il était mon professeur de physique-chimie au lycée Paul-Bert, je me souviens de son nom, monsieur Cornille, j'étais un élève navrant, détestant ces deux matières, il m'avait dans le nez, c'est pour cela que je lui tourne le dos, faisant mine d'être occupé à autre chose, espérant qu'il aille plutôt du côté de Louise Sandrine Yvette, pendant que je disparaîtrai dans la réserve. Non, non, il doit préférer les vendeurs aux vendeuses, c'est donc sur moi que ça tombe.

— Bonjour, jeune homme, est-ce que vous auriez une recharge pour ceci ?

Je me retourne. Il tient entre le pouce et l'index un vieux Parker essoufflé, dont je suis presque sûr qu'il l'avait déjà au lycée, me regarde sans expression particulière, du moins avec l'expression d'un type qui n'a pas reconnu un ancien élève, faut dire que c'était il y a déjà un peu longtemps, et que nous étions nombreux.

— Alors ? Vous avez ça ?

— Hélas non, monsieur, c'est un modèle qui ne se fait plus depuis pas mal de temps, mais nous avons un fournisseur qui peut nous procurer des recharges pour ce stylo, hélas uniquement sur commande.

— Aucune importance, j'ai l'habitude.

Je me penche sur le carnet des commandes, au moins ça me permet d'éviter son regard d'oiseau déplumé.

— Vous en voudriez plusieurs boîtes ?

— Oui, quatre, puisque c'est si compliqué à trouver.

— Je vais prendre la référence exacte de votre stylo, vous permettez ?

— Je vous en prie.

— Il faudra compter deux semaines.

— Ça n'est pas grave. J'en ai encore d'avance.

— C'est à quel nom ?

Il se rapproche de moi, par-dessus le comptoir, un ersatz de sourire se frayant un chemin au milieu des rides.

— Cornille. Pas Corneille, comme le dramaturge : Cornille. Comme le professeur de physique-chimie.

Je relève la tête. Me voilà muet. Coi. Et un chouïa rougissant, tiens, ça faisait longtemps.

— Vous savez, Thomas, poursuit-il à voix basse, les professeurs ne peuvent pas se souvenir de tous les élèves qu'ils ont eus, on en oublie beaucoup, on s'efforce même d'en oublier le maximum, moi, c'est pas compliqué, je ne me souviens que de ceux qui étaient très bons, et de ceux qui étaient très mauvais. Autant vous dire que vous, vous êtes gravé là.

Il a dit ça en pointant son index sur le front.

— Alors comme ça vous travaillez dans cette papeterie, notez bien, au vu de vos prouesses en cours, je ne m'attendais pas à vous retrouver dans un laboratoire de recherche, mais quand même, quel gâchis !

— Non, non, tout va bien.

— Alors, si tout va bien… Allez, au revoir, Thomas, et n'oubliez pas ma petite commande.

— Comptez sur moi.

— Ça m'a fait plaisir de vous revoir.

— Moi aussi, monsieur Cornille.

Lui, je sais pas, mais c'est vrai que moi, ça m'avait

tout compte fait pas déplu, amusé tout du moins, donc nous nous sourîmes, et c'est comme si, en un instant, une amnistie était proclamée, décidant qu'un cancre et un professeur de chimie pouvaient effacer tout ce qui, il y a quelques années, les avait opposés, leur donnant parfois, à l'un comme à l'autre, des envies de meurtre.

Monsieur Cornille va pour reposer son chapeau sur sa tête, comme on se comporte quand on maîtrise couvre-chef et savoir-vivre, et d'un coup, il se fige dans une posture de musée Grévin, sans un mot sans un cri sans même un soupir pas même un hoquet, ne pouvant plus ni se chapeauter ni tenter le moindre geste, bloqué, coagulé, enraciné, statufié, bref il ne bouge plus, plus du tout, au début personne ne remarque l'anomalie, mais moi je vois bien qu'il y a quelque chose qui cloche, et je ne crois pas si bien dire, car après quelques secondes de cette immobilité inattendue, il s'écroule par terre, en se tenant la poitrine, les mains crispées sur le gilet, après avoir envoyé valser son feutre qui, comme dans un dessin animé, est allé atterrir sur la tête d'une cliente, qui s'est mise aussitôt à pousser un cri suraigu, dont on ne saura jamais s'il était motivé par l'arrivée inopinée du chapeau, ou bien par la vision de cet homme noir et sec se convulsant sur le sol carrelé du Stylo de Vénus.

En l'espace de quelques secondes, l'effervescence règne dans le magasin. Les vendeuses, apeurées, mettent au ralenti leur main devant leur bouche. On s'écarte du gisant, pour lui faire de l'air, dit-on. La cliente hurleuse pétrit le feutre mou. Les autres, stupides, ne savent que faire. Faut dire que moi non plus. Quant à madame Capliet, beaucoup plus réactive que nous tous, et tenant sans doute à montrer quelle maîtresse femme elle est, elle a déjà attrapé le téléphone, composé le numéro de police secours, ou bien celui des pompiers, diagnostiqué l'épilepsie, insisté sur l'urgence, donné l'adresse du magasin et raccroché en disant :

— Ils seront là dans trois minutes.

Effectivement, moins de trois minutes plus tard, alors que, grosso modo, nous étions tous restés dans la même position, comme une image arrêtée, tandis que monsieur Cornille, lui, bavait un peu du côté droit, une sirène retentissait au bout du boulevard, s'amplifiait, jusqu'à devenir assourdissante à l'aplomb du magasin, des pompiers sont entrés, ont embarqué le professeur de physique-chimie, madame Capliet nous a lancé :

— J'accompagne !

Sans prendre la peine ou le temps d'enfiler un vêtement, la voilà partie en taille, avec les pompiers, l'épileptique présumé, la sirène et tout le tremblement.

Le Stylo de Vénus est redevenu calme. Mais d'un calme pas naturel. Un calme un tantinet plombé. Personne n'a commenté, à part un très vague « Quelle histoire… », dont je n'ai pas repéré de quelle bouche il était sorti. Les clients ont réglé leurs achats. Sont retournés dans la rue pour vaquer à la suite de leur journée. Et nous quatre, nous nous sommes remis en marche petit à petit, comme lorsque l'on rétablit progressivement le courant du projecteur après une panne d'électricité.

— Eh ben, quelle histoire ! a fait Yvette, reprenant avec prudence ce qui venait d'être dit.

— Qu'est-ce qu'il a eu ? a demandé Louise, un peu tremblante.

— On sait pas, j'ai fait, ça peut être tellement de choses.

— Madame Capliet a parlé d'épilepsie.

— Pourquoi pas…

— C'est quoi ?

— C'est grave.

— Un monsieur si bien, a commenté Yvette, comme si le fait d'être un « monsieur bien » mettait à l'abri des pépins de santé.

— C'est quand même marrant, enfin, marrant si l'on veut, mais je connais cet homme, il a été mon prof de physique-chimie au lycée, et je le détestais tellement que j'ai souvent souhaité sa mort. Comme quoi…

— Vous pensez qu'il va mourir ? a demandé Louise, horrifiée.

— Je sais pas. J'y connais rien.

— Tout s'est passé si vite.

— Oui, même pas le temps de dire ouf.

— Du coup, il en a oublié son chapeau, a constaté Sandrine qui n'avait rien dit jusque-là.

En effet, le chapeau était là, par terre, orphelin, informe, je l'ai ramassé, lui ai vaguement redonné figure humaine, enfin, si l'on peut dire, et l'ai caché dans la réserve, comme on cacherait une preuve accablante, preuve de quoi, du reste ? N'importe qui aurait fait pareil, il n'était pas question de le laisser traîner sur le comptoir, ça n'était pas la place d'un chapeau, dans une chapellerie, oui, mais pas dans une papeterie.

Fin du premier épisode, qui serait déjà assez particulier en soi, et à coup sûr bien suffisant pour meubler une journée de façon originale et alimenter les conversations du jour, du lendemain, voire de la semaine. Mais la vie réserve parfois des péripéties inattendues, sans prendre toujours la peine de les répartir sur plusieurs journées, et c'est exactement ce qui est arrivé ce même mardi.

Dans la papeterie au calme revenu, et où personne n'avait pointé son nez depuis bientôt une heure, comme si, par respect pour ce qui venait de se passer, les clients et clientes avaient préféré s'abstenir pour l'instant de tout achat, dans la papeterie silencieuse donc, la porte s'est ouverte, et une jeune fille est entrée.

— Bonjour, elle a fait avec gaieté.

C'est là que je suis resté comme deux ronds : au centre du magasin se tenait Colette, la Colette lectrice de Colette, plus jolie que jamais.

Elle a regardé autour d'elle, comme si elle cherchait quelque chose ou quelqu'un.

— Vous désirez ? a demandé Yvette, ou Louise, ou Sandrine.

— Heu… eh bien… je voudrais vous acheter une carte postale, s'il vous plaît.

Pour ma part, j'aurais juré qu'en entrant Colette ne savait pas ce qu'elle allait acheter, ni même si elle allait acheter quelque chose, et sûrement pas une carte postale. Mais je peux me tromper.

— Oui, bien sûr, elles sont toutes dehors, sur les

tourniquets. Quel genre de carte postale ? a poursuivi la vendeuse en piste.

— Je ne sais pas, je vais voir.

Colette s'est alors tournée vers moi et, avec une simplicité désarmante, elle m'a souri :

— Vous voulez bien m'aider à choisir ?

— Heu… oui, bien sûr…

J'ai fait le tour du comptoir, j'ai ouvert la porte à Colette, et nous sommes sortis tous les deux, laissant derrière nous les prévisibles poufferies discrètes et les airs entendus du trio féminin.

— Vous cherchez quoi, vous avez une idée ?

— Je sais pas, non, j'ai pas trop d'idées, c'est pour ça que c'est bien si vous m'aidez.

J'ai fait tourner les vues disparates, de Paris, de reproductions de tableaux, de photos cocasses, ne sachant vraiment pas dans quelle direction la conseiller.

— C'est drôle, comme coïncidence, a dit Colette, de vous retrouver ici, non ?

— Oui, c'est drôle, comme vous dites, le hasard, vous savez…

— En principe, je ne crois pas trop au hasard, mais là, je suis bien obligée d'admettre.

— Ah, tiens, vous portez les tennis que vous avez achetées avec votre amie le jour où je vous ai suivie.

— Alors là, c'est vraiment le hasard ! a-t-elle commenté en riant, puisque je ne savais pas que j'allais vous revoir.

Et son rire de ruisseau était comme une ampoule

de 100 watts vissée au sommet de son crâne. Déjà qu'elle était lumineuse.

— Bon, alors, cette carte postale ?

— C'est pas si facile de vous conseiller, vous savez, c'est personnel, une carte postale.

— Vous n'avez qu'à en choisir une que vous aimeriez envoyer à quelqu'un que vous aimez bien.

Là, ça devenait plus facile, il y avait quelques reproductions de tableaux d'Albert Marquet, que j'avais conseillé à madame Capliet de prendre lorsque le représentant était passé, ne serait-ce que pour changer un peu de l'éternelle et assommante *Joconde*, et puis aussi, plus simplement, parce que c'est mon peintre préféré. Albert Marquet donc, une vue de La Samaritaine et du Pont-Neuf depuis son balcon du quai des Grands-Augustins, voilà, je sors la carte et la tends à Colette, elle la regarde.

— C'est joli.

— C'est mon peintre préféré, j'avoue à Colette comme une confidence.

— C'est combien ?

— Rien. Je vous l'offre.

— C'est très gentil, mais ça me gêne.

— Oui, vous avez raison, c'est vraiment un cadeau royal.

— Alors, merci. Au revoir.

— Au revoir, Colette.

Et hop, elle est partie, en tenant La Samaritaine, au bout d'une vingtaine de mètres elle s'est retournée et m'a fait un signe de la main, elle avait dû sentir que je n'avais pas bougé d'un millimètre, et que je la suivais des yeux, mais ça n'était pas spécialement embarrassant, car c'était vraiment la moindre des choses que de la suivre des yeux. J'ai répondu à son signe, et elle a disparu dans la foule du boulevard, comme enfoulée.

Je suis retourné dans le magasin, où fleurissaient les sourires chargés de sous-entendus, auxquels j'ai répondu par autant de sourires du même acabit, tout en rangeant deux ou trois trucs qui étaient pourtant à leur place, histoire de me donner une contenance. Et puis quoi, après tout ? Une jeune fille très jolie (ah oui, c'est fou ce que Colette était jolie) m'avait demandé de l'aider à choisir une carte postale, bon, pas de quoi non plus épiloguer pendant des lunes.

Là-dessus, madame Capliet est entrée en trombe, la tête à l'envers, les sangs retournés, et elle a dit, défaite :

— Il est mort.

Sur le coup, on n'a pas vraiment réalisé, parce que nous étions, elles trois et moi, un peu ailleurs avec cette histoire de carte postale et de jeune fille très jolie, et puis je me suis rendu compte de ce que venait de nous annoncer Arlette et j'ai fait :

— Monsieur Cornille ? Ah bon, il est mort ?

— Vous le connaissiez ? a fait, étonnée, madame Capliet.

— Ben oui, a dit Louise, c'était le prof de physique-chimie de Thomas, au lycée.

— D'ailleurs, Thomas nous a avoué qu'il avait souvent voulu qu'il meure.

— Mais c'est affreux ! s'est exclamée madame Capliet.

— C'est parce que je détestais la physique-chimie, mais c'était il y a longtemps. Et puis, nous venions juste de faire la paix.

— Eh bien, il en aura pas profité longtemps, le pauvre homme…

— Peut-être même que c'est ça qui l'a tué, a risqué Yvette.

— Ça quoi ?

— Ben de revoir Thomas et de faire la paix avec lui.

Madame Capliet a haussé les épaules, ou bien levé les yeux au ciel, sans doute les deux à la fois, et puis elle a juste dit :

— Quand même, quelle histoire…

— Oui, c'est exactement ce que nous disions tout à l'heure, j'ai conclu.

La vie de fin d'après-midi a repris au Stylo de Vénus, jusqu'au soir, et aucune des quatre, patronne ou vendeuses, n'a plus commenté le décès de monsieur Cornille. Mais une petite tristesse flottait dans le magasin, c'était palpable.

Pour ma part, je n'arrivais pas à savoir si j'étais triste ou pas. C'est donc sans état d'âme particulier que j'ai pris le carnet pour rayer, d'un double trait rouge de stylo à bille, la commande de cartouches de monsieur Cornille.

Cinq minutes plus tard, nous fermions le magasin.

Il était encore tôt, c'est-à-dire 19 heures, puisque, en gros, les magasins ferment à 19 heures, j'ai traîné dans le quartier, les bras dans le dos, pour repenser à tout ce qui s'était passé aujourd'hui, faut dire que ça en accumulait des émotions, et puis je suis allé boire un verre au café où la magnifique Olga ne travaille plus, hélas, depuis belle lurette, elle est paraît-il retournée dans son pays, j'ai laissé s'effilocher les minutes, puis les heures, m'enfilant trois verres de chinon, avec cacahuètes et olives afférentes, et puis, sur le coup de 21 heures, j'ai retraversé le boulevard pour aller dîner chez Raoul, où il y avait peu de monde, et où Amandine m'a souri.

— Ah tiens, vous revoilà, vous aimez, alors ?

— Oui. Beaucoup. Vous terminez votre service à quelle heure ?

— Y a pas d'heure. Ça dépend si y a du monde ou pas, là c'est calme, je sais pas pourquoi, c'est toujours calme le mardi, dans deux heures il viendra plus personne.

— Ça vous ennuie si je vous attends ?

— Ah non, pas du tout, au contraire.

Et hop, elle m'a tendu la grande ardoise sur laquelle était manuscrit le menu du jour, j'ai commandé, j'ai dîné, j'ai traîné, il s'est fait onze heures, y avait plus que moi, Amandine a disparu en serveuse, est revenue en passant, enjouée, s'est approchée.

— On y va ?

Nous y sommes donc allés. Amandine était d'accord pour que je la raccompagne. D'accord pour marcher un peu. D'accord pour trouver qu'il faisait doux. D'accord pour qu'on ne se dise pas au revoir une fois arrivés au pied de son immeuble.

D'accord pour que je monte. D'accord pour qu'on s'embrasse. D'accord pour qu'on fasse l'amour. C'était comme je m'étais imaginé : joli et sans chichis, léger, pour ainsi dire joyeux. Sauf que, en faisant l'amour avec Amandine, je n'avais cessé de penser à Colette. Et de ça je n'étais pas trop fier. Même si je n'y pouvais rien.

Alors Amandine s'est endormie, le sourire aux lèvres, et je suis rentré chez moi. À pied. Tant pis si c'était loin. Tant pis si c'était tard. Il faisait toujours aussi doux. Et j'avais besoin de faire le point. Ce fut vite fait :

En l'espace de quatre jours j'avais fait l'amour avec deux femmes. Il y avait donc comme de la dispersion. De l'incohérence. Du chaos. Du laisser-aller. Il fallait que je me recentre si je voulais, un jour ou l'autre (et d'ici mes trente ans), rencontrer la femme de ma vie, l'épouser, et lui faire un enfant avant que ma mère ne décède.

13

Enterrement et carte postale

Quelques jours plus tard, on enterrait mon prof de physique-chimie. Madame Capliet s'était renseignée pour savoir le jour, l'heure, l'endroit, elle tenait à y aller.

— C'est plus commerçant, il est quand même pratiquement mort chez moi…, a-t-elle dit, ferme, définitive, et elle a ajouté sur le même ton : Thomas, vous m'accompagnez (ce n'était pas une question), les filles peuvent bien garder le magasin quelques heures.

L'enterrement avait lieu dans la banlieue, déjà qu'un enterrement c'est pas gai, heureusement qu'il faisait beau. On a eu un peu de mal à trouver, Arlette conduisait et moi je faisais de mon mieux pour nous orienter en tournant et retournant le plan dans tous les sens.

Nous avons fini par échouer au cimetière, carrément en retard, mais par chance, enfin si l'on peut dire, monsieur Cornille était encore en surface. Sans doute que les quelques participants s'étaient perdus autant que nous.

En fait de participants, c'était plutôt clairsemé. Manifestement pas de veuve, ce qui était prévisible, puisque monsieur Cornille était, à l'époque, célibataire, et qu'il était le genre d'homme à le rester, donc, par le fait, pas d'enfants, guère de famille proche, m'a-t-il semblé, peut-être d'hypothétiques amis, de vagues voisins, c'est dire si c'était clairsemé. Et puis aussi, plus original, quelques anciens élèves, les meilleurs bien entendu, les premiers de la classe, qui s'étaient tous arrondis de dix ou vingt kilos, arborant la mine lasse et contrite des habitués des cimetières, et flanqués de femmes que le décès concernait peu. J'étais donc le seul cancre présent à cet enterrement, restant volontairement en retrait des autres, comme au lycée.

J'ai regardé de trois quarts arrière ces femmes de chimistes et de physiciens, et aucune ne me tentait. Je veux dire : aucun couple ne me faisait rêver. Ils s'étaient tous mariés trop vite, pressés de se caser, de mettre au monde des enfants, de rouler en Volvo, de perdre leurs cheveux. D'un sens, je n'étais pas mécontent, malgré les pressions diverses (celles de ma mère, en fait), d'avoir attendu jusque-là. Je ne comptais pas rencontrer la femme de ma vie à l'enterrement de monsieur Cornille – encore que, on a parfois connu de telles fantaisies du destin – mais, à tout hasard, je me suis livré à un rapide tour d'horizon, qui écarta toute possibilité de coup de foudre funéraire : des femmes sans éclat, sans charme, sans grâce, fades et banales, en majorité mariées, mal mariées mais mariées, et dont aucune n'avait eu le culot de demander à son coiffeur de lui couper les cheveux court, histoire d'afficher quelque chose de différent, d'original, de moderne, de définitif.

Fin du tour d'horizon.

— Je n'aime pas les enterrements, a murmuré madame Capliet, c'est plus fort que moi : je n'arrive pas à oublier le corps allongé dans la boîte, et ça me fait pleurer.

Effectivement, Arlette avait les larmes aux yeux. Spontanément, pour la consoler, j'ai passé mon bras derrière ses épaules, elle s'est abandonnée contre moi, en reniflant par à-coups, tandis que là-bas, alors que le soleil s'estompait sous un nuage passager, et que les regards de l'assistance atone ne fixaient plus rien, monsieur Cornille avait commencé lentement sa descente dans le trou.

— On s'en va ? j'ai demandé.

— Non, on peut pas, a répondu Arlette, ça ne serait pas convenable.

— Alors on passe en dernier.

— Si vous voulez, a-t-elle accepté sans demander davantage d'explications.

Nous sommes restés ainsi, sans bouger de là où nous étions, comme plantés, deux arbres, madame Capliet blottie contre moi, je sentais son parfum, l'odeur de ses cheveux, la chair potelée de ses épaules, sa hanche contre la mienne, son corps contre mon corps, mine de rien c'était intime, nous n'étions pas pressés que notre tour vienne de manier maladroitement le goupillon au-dessus du cercueil, surtout qu'ils prennent tout leur temps, les amis, les voisins, les chimistes et les physiciens.

Au moins, ainsi, je n'ai pas eu à affronter mes anciens condisciples, et à coup sûr c'était ça la véritable bénédiction.

Tous les participants étaient à présent passés devant le cercueil, puis s'étaient éparpillés en petits groupes, parlant de tout autre chose, maintenant que le défunt était sous terre. Nous nous sommes avancés vers le trou, moi tenant toujours Arlette par les épaules, je ne sais pas ce qu'on allait penser de notre couple provisoire, nous ne pouvions pas être mère et fils, ni mari et femme, ni amant et maîtresse, qu'ils pensent ce qu'ils veulent, de toute manière personne ne nous regardait, madame Capliet pouvait donc continuer à renifler contre mon épaule. Goupillon. Pensée. Sans doute rapide prière. Et nous nous sommes éloignés du prof mort, pas fâchés d'être vivants.

Dans la voiture, madame Capliet s'est mouchée une bonne fois pour toutes, et m'a juste dit :

— Merci, Thomas.

Puis elle a lancé le moteur, et nous sommes repartis vers Paris. En une minute elle était redevenue la patronne du Stylo de Vénus.

Au Stylo de Vénus, tout allait pour le mieux, les trois vendeuses connaissant leur affaire, et n'ayant besoin de personne pour tenir le commerce, du moins durant quelques heures. J'appréhendais les questions bancales, telles que « Y avait du monde ? », ou « Vous avez trouvé facilement ? », sans parler de « Alors, c'était comment ? ». Arlette a coupé court à toutes ces éventuelles maladresses en lançant un «Tout va bien ici?», auquel Louise, Yvette et Sandrine répondirent en chœur «Tout va bien, madame Capliet», comme si tout cela avait été répété des tonnes de fois, ce qui était peut-être le cas.

J'allais accrocher ma veste dans la réserve, à côté du chapeau du défunt, quand Sandrine me dit:

— Vous avez du courrier, Thomas, là sur la caisse.

— Du courrier?

— Oui, une lettre.

Et en effet, il y avait une lettre, à l'enveloppe manuscrite d'une jolie écriture: «Thomas – Le Stylo de Vénus» avec l'adresse du magasin. Intrigué – on le serait à moins –, je fourre l'enveloppe dans la poche intérieure de ma veste, prenant l'air le plus détaché possible.

— Eh bien, vous ne l'ouvrez pas? me demande madame Capliet.

— Si, si, pas tout de suite… je… je sais ce que c'est… c'est pas urgent.

— Alors, si ça n'est pas urgent…

Et la vie reprend comme si de rien n'était, mais, tout en essayant de servir au mieux une cliente exigeante, je repense à cette lettre. Reçue ici. Alors que personne, ou presque, ne sait où je travaille. Mes parents ou ma sœur, oui, à la rigueur, mais s'ils connaissent mon travail, ils en ignorent l'adresse. Ou alors André, mais ce n'est pas son écriture, en plus il n'écrit jamais, et puis il est en Inde, et la lettre est postée de Paris.

Une fois la cliente exigeante et sans intérêt servie, je simule un accès de fatigue, comme un contre-coup de l'enterrement, et je tente :

— J'ai un coup de fatigue, je vais prendre un café en face.

— Allez-y, me fait madame Capliet, de toute façon c'est calme.

— Merci, Arlette, je réponds, comme si notre intimité passagère du cimetière me permettait de l'appeler enfin par son prénom, sans la moindre hésitation.

Je vais pour sortir, ding, j'ouvre la porte, mais :

— Vous oubliez votre lettre, laisse tomber madame Capliet, sans même relever le nez de ce qu'elle est en train de faire.

Arrêt sur image, comme pris en flagrant délit, bredouillis et bredouillages, je refais le chemin inverse, de la porte à la réserve, puis de la réserve à la porte, mais l'enveloppe à la main, tandis que quatre paires d'yeux, chargées d'ironie et de malice, en proportions égales, me brûlent le dos.

Me voilà dehors, je traverse le boulevard, m'installe au café, commande un express, qui, comme son nom l'indique, arrive aussitôt, j'ouvre l'enveloppe enfin. C'est la carte d'Albert Marquet. Au dos, de la même jolie écriture de fille, est écrit :

Je vous ai demandé de choisir une carte que vous aimeriez envoyer, en fait je voulais dire une carte que vous aimeriez recevoir ; j'étais heureuse de vous revoir l'autre jour ; alors à bientôt, puisqu'il paraît que jamais deux sans trois – Colette.

J'ai commandé un autre café. J'aurais aussi bien pu demander un cognac. Et je suis retourné au magasin, où les mêmes regards m'attendaient, mais comme si de rien n'était.

— Ça va, Thomas ? me demande madame Capliet.

— Très bien, Arlette, oui, ça va beaucoup mieux.

— Alors, c'est parfait.

Et puis voilà, les clients se sont enchaînés, alors on a pensé à autre chose, ou du moins, *elles* ont pensé à autre chose, car moi pas : impossible d'oublier le Pont-Neuf, La Samaritaine, Albert Marquet, et Colette.

La nuit qui suivit fut agitée. Agitée, c'est le mot qui convient, car comment dormir avec Colette en tête ? La situation était simple et compliquée, autrement dit cornélienne. Colette savait où me trouver, alors que moi je ne savais pas où trouver Colette.

— Puisque maintenant elle sait où je travaille, si elle a envie de me revoir, il lui suffit de passer au magasin. Ou de m'écrire, pour me donner rendez-vous.

— Oui, mais si elle ne passe pas, si elle n'en a pas envie, tu la revois plus.

— Mais puisque sur la carte elle a écrit « jamais deux sans trois », c'est qu'elle a envie qu'on se revoie.

— Alors, t'inquiète, elle va passer.

— D'autant qu'elle sait que moi je ne peux pas la joindre.

— Tu vois, y a pas de raison de s'inquiéter.

Je m'étais mis à parler tout seul, marmonnant à mi-voix les questions et les réponses, ce qui pourtant, chez les autres, m'inquiète et m'énerve. Mine de rien, cette conversation solitaire m'a entraîné jusqu'aux alentours de deux, puis trois heures du matin, heures agitées donc, pendant lesquelles je n'ai cessé de me tourner et me retourner sous la couette, furieux de ne pas trouver le sommeil, tourmenté à l'idée de dépendre du bon vouloir ou du mauvais gré d'une jeune fille, troublé de ne pouvoir penser à rien d'autre, à part le fait que dimanche prochain c'était l'anniversaire de ma mère et que je n'avais pas la moindre idée de cadeau.

Et puis voilà-t-il pas que, à trois heures passées, alors que la fatigue commençait vaguement à avoir raison de mon insomnie, une mélodie de piano est descendue de l'étage supérieur jusqu'à mon oreiller, pas du piano de CD, mais du piano joué sur un piano, bien joué du reste, sauf qu'à cette heure, bien joué ou pas, c'est quand même du piano. Et comme ça continuait à pianoter, j'ai enfilé un pantalon et je suis monté.

Toc toc, la mélodie a cessé, j'ai entendu le son d'un tabouret qui recule, puis une voix féminine derrière la porte :

— C'est qui ?

— Heu… votre voisin du dessous.

La porte s'est ouverte. Je me suis retrouvé face à

une Noire magnifique d'une trentaine d'années, on pourrait dire « sculpturale » si l'adjectif n'était pas à deux doigts du cliché, grande, une tête de plus que moi, et simplement vêtue d'un très joli peignoir en soie ou en rayonne, chamarré, dans les bleus, les oranges et les verts, et à peine fermé sur son corps d'altesse.

— C'est à cause du piano ? elle me demande.

— Oui... non... c'est très beau ce que vous jouez...

— Merci. C'est beau mais c'est tard. Je comprends, excusez-moi.

— C'est pas grave.

— Vous voulez entrer cinq minutes ?

— Non merci, vous êtes gentille, mais il faut vraiment que je dorme.

— Cinq minutes...

Elle a dit ça en ouvrant plus grand la porte. L'appartement était accueillant. Et tout petit. D'autant que le piano occupait largement le terrain. Elle avait un joli sourire, qui commençait à une oreille et se terminait à l'autre. L'air déplacé par le battant avait fait bouger un peu les pans de son peignoir, comme un rideau devant une fenêtre entrebâillée. Alors je suis entré.

— Allongez-vous sur le canapé, je vais vous jouer une berceuse de chez moi, vous allez vous endormir tout doucement.

Je n'avais aucune envie de lui dire non, aucune envie de redescendre dans mon appartement, juste envie de me laisser faire, juste envie de m'endormir avant que le jour ne se lève.

Je me suis allongé sur le canapé qu'elle me désignait, il n'y en avait pas d'autre, elle a arrangé un coussin sous ma tête, penchée comme une infirmière sur un convalescent.

— Ça va ?

— Ça va...

Puis elle est retournée au piano, s'est assise sur le tabouret sans pour autant resserrer la ceinture de son peignoir, non pas qu'elle le fît exprès, puisque j'étais censé dormir. Mais comment dormir à moins de deux mètres d'une longue jambe nue appuyant en mesure sur les pédales de l'instrument ? Comment dormir quand, penchée en avant pour feutrer un accord, la pianiste laisse l'échancrure dévoiler son sein droit (d'où j'étais c'était le droit) ? Comment dormir quand tant d'impudeur tranquille s'offre avec une telle simplicité ? La réponse fut que, ne dormant bien sûr pas, une érection violente était en train de tendre mon pantalon, à en faire péter les coutures, érection que je ne pouvais remettre en place sans y plonger la main, érection qui, soyons sincère, avait déjà commencé à naître sur le pas de la porte, érection qui, je l'espérais, dans la pénombre du petit appartement, passerait inaperçue.

— Vous dormez ? me demande la pianiste dont j'ignore toujours le prénom.

— Non... pas encore...

— C'est parce que vous ne fermez pas les yeux. Pour dormir, il faut fermer les yeux. Sinon, ça ne marche pas.

J'ai donc fermé les yeux, puisque je n'avais

d'autre envie que celle d'obéir, aveuglément, ce qui tombait bien puisqu'elle me demandait de ne plus y voir.

Elle a continué à jouer la berceuse de chez elle. L'imaginer, à demi nue, assise au piano, là, pour ainsi dire à portée – je parle de distance, pas de musique –, était au moins aussi intolérable, je veux dire délicieux, troublant, chavirant, que de la regarder les yeux mi-clos comme je le faisais encore il y a trente secondes, autant dire qu'il n'était nullement question de débandade.

Dans un demi-sommeil, une espèce de torpeur, un mélange bizarre, comme un rêve éveillé (on se souvient de tout, mais on n'est pas complètement sûr de l'avoir vécu), j'ai entendu : la berceuse s'arrêter ; le tabouret bouger ; ses pieds nus se déplacer ; un CD mis en lecture ; une nouvelle musique, très douce, parfumer l'appartement ; les pieds nus se rapprocher du canapé. J'ai senti : une main passer sur mon entrejambe, dont l'érection ne pouvait plus prétendre passer inaperçue ; la même main remonter jusqu'au bouton de ceinture ; ce dernier sauter comme un bouchon de champagne ; mon pantalon descendre, révélant l'absence de caleçon, puisque enfilé à la hâte ; les grandes jambes s'installer sur moi ; des lèvres m'embrasser. Alors j'ai ouvert les yeux. Elle me chevauchait en souriant, le peignoir béant, et me regardait avec un air innocent, espiègle, mutin, rieur.

— Excuse-moi, je t'ai réveillé ?

— Non, non, tout va bien, je dors… C'est toujours vous qui jouez, là ?

— Oui. Tu aimes ?

— C'est très beau.

— Tant mieux, me fait-elle en accélérant très légèrement la cadence, mais en restant en rythme, ce qui était la moindre des choses pour une musicienne.

— Je ne connais pas votre prénom.

— Je ne connais pas le tien non plus.

— Au moins nous sommes quittes.

Nous avons donc fait l'amour, sans savoir comment nous nous appelions, ce qui ne changeait pas grand-chose après tout.

Au matin, j'étais toujours sur le canapé, réveillé très tôt par la lumière du jour, le piano était refermé, la pianiste n'était plus là, elle avait étendu son peignoir chamarré sur moi, comme une couverture improvisée, je me suis levé, j'ai enfilé mon pantalon auquel était accroché un mot : « Je suis partie travailler, tu claqueras la porte en partant, tu reviens quand tu veux si tu n'arrives pas à dormir. » Et ce n'était pas signé. La pianiste du 7e resterait donc, pour le moment, la pianiste du 7e.

Le plus incroyable peut-être, du moins par rapport à mes fixations capillaires, c'est que cette nuit fut si inattendue que je suis incapable de me souvenir si cette pianiste du 7e avait les cheveux courts, longs, mi-longs, tressés, attachés, laqués, frisés, défrisés.

14

L'anniversaire de ma mère

La pianiste du 7ᵉ n'a pas joué la nuit suivante, ni celle d'après, ni celle d'après. Trois nuits sans piano ni insomnie. Trois nuits banales. Aujourd'hui c'est dimanche, l'anniversaire de ma mère, on se retrouve tous les quatre dans un restaurant, pour changer de la maison, et puis parce que, comme a toujours dit mon père : « Un jour d'anniversaire, la cuisine c'est pas pour votre mère. » Et je dois reconnaître qu'il a toujours été parfait sur ce coup-là, année après année, variant les adresses, sans pour autant nous emmener dans des relais étoilés, mais prenant du plaisir à découvrir un nouveau bistro, un petit restaurant inattendu, un endroit épatant, dont il avait lu un article louangeur dans le magazine auquel il était abonné, et qui ne lui servait guère qu'une fois par an, pour trouver où nous irions, le moment venu, fêter l'anniversaire de maman. Et c'était, chaque année, des moments très joyeux. On s'habille un peu chic, on est heureux d'être ensemble, et, mieux encore : ma mère, le temps du repas, arrive à se moquer d'elle-même et de son pessimisme tenace.

— Tiens, je dis en lui tendant une volumineuse plante en pot, joyeux anniversaire, maman !

— Oh, ma plante préférée !

(Tous les ans, je lui offre une plante différente, dont elle dit toujours que c'est sa plante préférée.)

— Si tu ne l'arroses pas trop, tu peux la garder très longtemps.

— Tu veux dire, plus longtemps que moi ?

Et elle part d'un grand éclat de rire en buvant d'un trait son verre de suze.

— Oui, beaucoup plus longtemps que toi ! Si tu veux, on ira ensemble la mettre sur ta tombe dès demain.

— Merci. Tu es gentil, mon chéri, toi au moins tu me comprends. Bon, quels sont mes autres cadeaux posthumes ? fait-elle en continuant à se marrer et en commandant une autre suze au garçon qui passe dans le coin.

Francine lui offre un livre, *La Vie devant soi*, et ça fait aussi beaucoup rire maman. Quant à mon père, il lui offre une pipe. Sans blague : une pipe.

— Quand tu ne seras plus de ce monde, ma chérie, je la récupérerai, ce n'est donc pas un cadeau inutile.

— Depuis quand tu fumes la pipe ?

— Depuis jamais. Mais j'ai envie de m'y mettre.

— Au moins, je ne serai plus là pour respirer cette odeur immonde.

— C'est bien ce que je me suis dit, conclut mon père.

Elle en est à sa troisième suze, nos cadeaux idiots la font beaucoup rire, c'est sans doute le plus joyeux anniversaire que nous ayons eu avec elle, en plus le restaurant est parfait, le patron sympathique, bref, un dimanche impec. Si ce n'est cette petite phrase que je redoutais, dérisoire et mélancolique :

— Et alors, Thomas, je ne connaîtrai donc jamais mon petit-fils ?

— Mais si, bien sûr que tu le connaîtras, je réponds, rassurant, alors qu'au fond de moi je n'ai aucune certitude de rien du tout, tu n'en connaîtras pas qu'un seul, t'en auras plein, que tu iras chercher à l'école, des petites-filles aussi, que tu conduiras à leur cours de danse !

— Mais quand ? soupire ma mère avec lassitude.

Ah ça, je dois dire que je ne savais pas quand. Pas du tout quand. Absolument pas quand. Mais comme c'est l'anniversaire de ma mère, ma mère que j'aime beaucoup, et que je ne veux pas décevoir, surtout pas aujourd'hui, je réponds sans réfléchir :

— Tu seras bientôt grand-mère.

Silence et stupeur autour de la table. Regards interrogatifs. Celui que me jette Francine signifie : «Déconne pas, Thomas, j'espère que tu ne dis pas ça en l'air. »

— Je ne dis pas ça en l'air. Tu seras bientôt grand-mère.

Là-dessus, le gâteau arrive, avec une grosse bougie unique, histoire d'avoir quelque chose à souffler, et on n'a plus reparlé de rien, comme pour ne pas risquer d'ouvrir davantage un dossier qui semble classé secret Défense. La fin du repas fut re-joyeuse, la parenthèse progéniture (donc rencontre-de-la-femme-de-ma-vie, etc.) fermée aussi vite qu'entrebâillée, on pouvait commander les coin-treau, cognac et armagnac. Ce qui fut fait. Dans la joie et l'allégresse, comme on dit dans l'insouciance des jours d'anniversaire.

En fait, malgré le regard noir (noir de reproches légitimes) que m'avait lancé, à juste titre, ma sœur Francine, et malgré la gratuité apparemment irres-ponsable de cette phrase balancée tout à trac à ma mère : « Tu seras bientôt grand-mère », jetée comme une plongée dans le vide, un saut à l'élas-tique sans élastique, pour faire plaisir un jour d'anniversaire, malgré tout cela donc, et malgré le bordeaux bu comme il faut, je n'étais pas complè-tement dans le phantasme ou la rêverie embrumée d'après-dessert, car j'avais été, au cours du repas, traversé de part en part par une évidence sidé-rante, une équation quasi mathématique, un prin-cipe d'Archimède, un théorème de Pythagore, un truc auprès duquel l'œuf de Christophe Colomb passerait pour une animation de salon, et qui peut se résumer ainsi :

1. Le jour où Colette est venue au Stylo de Vénus acheter, disait-elle, une carte postale, le soir même je faisais l'amour avec Amandine.

2. Le jour où Colette m'a envoyé la carte postale

en question, la nuit même je faisais l'amour avec la pianiste du 7ᵉ.

3. Si ça marche dans un sens, pourquoi ça ne marcherait pas en sens inverse ?

4. Autrement dit, on peut raisonnablement imaginer qu'en continuant à faire l'amour avec Amandine et la pianiste, Colette allait refaire surface un jour ou l'autre.

Toujours est-il que ça ne mangeait pas de pain – il faudra qu'un jour on m'explique l'origine de cette expression étrange – ça ne mangeait pas de pain d'appliquer ce principe, ce que je fis le soir même, peuplant mes nuits d'insomnies fictives qui me donnèrent l'occasion de monter d'un étage et d'ouvrir la porte et le peignoir de la pianiste, ou d'aller dîner tard chez Raoul, pour faire la fermeture et raccompagner Amandine chez elle, les deux en alternance, persuadé qu'à pratiquer ce régime si peu conventionnel, Colette resurgirait dans ma vie, au moment le plus inattendu qui soit. Et je n'ose imaginer quelle aurait été la tête de la pianiste ou d'Amandine si l'une et l'autre avaient su qu'elles étaient ainsi partagées et provisoires, dans l'attente d'une hypothétique Colette dont elles n'étaient que les appelantes, les appeaux, les leurres.

Les nuits d'après Chez Raoul, ou à l'étage du dessus, étaient certes parfaites, mais je ne pouvais imaginer qu'Amandine et la pianiste (à propos, elle est née en France, s'appelle Marie-Christine et a les cheveux très courts) constituent, superposées, une version bicéphale de la « femme de ma vie ». J'étais parfaitement heureux avec elles deux. Mais

séparément. Autrement dit, je n'étais pas complètement dans l'impasse, mais, tant que Colette ne refe-
rait pas surface, ça y ressemblait un peu, et je m'y
engageais, dans cette impasse, tête baissée, sans
ceinture, ni casque, ni airbag.

Un mois est passé. Ma mère est toujours de ce
monde. Amandine est toujours serveuse. Marie-
Christine est toujours pianiste. Et Colette est toujours quelque part. Mais où ?

15

Le retour d'André

— Eh ben dis donc, dès que j'ai le dos tourné, tu t'emmerdes pas, toi ! me fait André.

André est revenu de son voyage en Inde. Il a trouvé ça bien, l'Inde, m'a certifié que j'adorerais si j'y allais, et qu'en plus, il était sûr que la femme de ma vie était là-bas, d'ailleurs, lui qui avait toujours été plus volage que sage, il avait rencontré une danseuse dont il était éperdument amoureux, et il n'était pas impossible qu'il retourne bientôt à Bombay pour l'épouser.

— Eh ben dis donc, dès que j'ai le dos tourné…, répète André.

Je lui avais raconté Louise vendeuse, Amandine serveuse et la pianiste pianiste. Mais pas un mot sur Colette. Colette c'est autre chose. Colette ne le regarde pas.

Pour Louise, il n'avait pas compris :

— Elle remonte chez toi, elle s'offre à toi, le lendemain matin elle s'en va, et toi tu restes comme un gland, c'est le cas de le dire, tu tentes rien pour la retenir, tu la laisses filer… Je me demande des fois si tu serais pas un peu con !…

— Mais tu comprends vraiment rien, mon pauvre André ! Louise, c'était comme ça, pour enterrer sa vie de jeune fille, elle a un fiancé, alors tu vois, ça servait à rien de la retenir, elle me plaît, mais elle est avec un autre, elle se marie la semaine prochaine.

— Tant qu'elle a pas dit oui, elle n'est pas mariée.

— De toute façon, je sais même pas pourquoi je discute, elle n'a pas les cheveux courts.

— Ah, putain, y avait longtemps… Mais qu'est-ce que ça peut faire, les cheveux ? Et puis, si tu aimes tellement les cheveux courts et qu'elle veut te faire plaisir, elle a qu'à aller chez le coiffeur, non ?

— Non.

— Ah bon ? Et pourquoi « non » ? écarquille André.

— Parce que si une femme a les cheveux courts, ça doit venir d'elle.

Le silence qui suivit pesait autant qu'une enclume déposée au milieu de la table. André était anéanti. Moi pas.

— Vraiment, je ne te comprends pas…

— Tant pis, c'est pas grave.

— Je peux la voir, au moins, cette Louise ?

— Tu peux, mais qu'est-ce que ça changera ?

André est venu le lendemain au magasin, en m'ayant promis de se comporter comme un client normal, sans risquer la moindre remarque, ni même montrer que nous nous connaissions. Il s'est débrouillé pour être servi par Louise, enveloppes de différentes tailles, un stylo-bille, un agenda, et puis il a payé à madame Capliet. Avant de sortir, il m'a glissé discrètement un bout de papier qui lui avait servi à essayer son stylo-bille, et sur lequel il avait écrit : « T'es vraiment trop con. » Au moins c'était clair. Et puis il est parti en lançant un « Bonne journée, mesdames ! » qui, en une seconde, m'excluait, comme si je n'existais plus, comme si, à laisser filer Louise, j'étais devenu pour André un mirage, un ectoplasme, un type transparent.

André n'avait voulu rencontrer ni Amandine ni la pianiste, de toute façon il aurait pu dire ce qu'il voulait à leur sujet, je n'avais aucune leçon à recevoir de lui, ses conseils et commentaires, il pouvait bien se les garder.

— Et tu vas faire quoi, maintenant ? il m'a demandé quelques jours plus tard, alors que la tension entre nous était retombée et que nous buvions un campari à la terrasse de notre café habituel.

— Rien. Je vais rien faire.

— À part baiser en alternance une serveuse et une pianiste, t'as raison, rien de spécial.

André, quand il devient vulgaire, il devient lourd.

— André, quand tu deviens vulgaire, tu deviens lourd.

— Pfff, il dit en levant les yeux au ciel pour

éviter tout autre commentaire. Tu sais très bien ce que je veux dire.

— Non, pas très bien.

— Moi je sais.

— Et tu sais quoi ?

— Que c'est pas net, ton affaire.

Le silence nous tombe dessus, une fois de plus, comme souvent quand nous ne sommes pas d'accord, ou à bout d'arguments. On boit un deuxième campari. On regarde les passantes. On paye. On s'en va.

D'une certaine manière c'est André qui a raison : mon affaire n'est pas nette. Mais j'y peux quoi ? Il y a malgré tout quelque chose de pas banal dans mon affaire pas nette, c'est que, avec Amandine comme avec la pianiste, ça se déroule toujours de la même façon.

Amandine : après son service, je la raccompagne chez elle, on marche en parlant de tout et de rien, de banalités, on arrive au pied de son immeuble, on se dit bonsoir, elle me propose de monter, je fais semblant d'hésiter, et puis j'accepte, nous montons les cinq étages l'un derrière l'autre, elle devant, bien sûr. La seule variation sur le thème est que nous faisons l'amour chaque fois de plus en plus tôt. Je ne parle pas de l'heure : je parle du lieu. La première fois, ce fut chez elle. Bon. Ensuite, contre sa porte. Bon. Puis, toujours contre sa porte, mais côté extérieur, sur le palier. Peu après, ce fut dans l'escalier, entre le quatrième et le cinquième étage. Avec toujours cette crainte d'être surpris.

134

— Et si quelqu'un venait ? je lui ai demandé.

— Justement, c'est ça qui est amusant, non ? m'a-t-elle répondu entre deux souffles. T'en fais pas, y a rien que des gens âgés dans l'immeuble, ils prennent tous l'ascenseur, et puis, à cette heure-ci ils dorment.

Hier soir, nous avons fait l'amour sur le palier du premier étage. Demain, j'imagine que ce sera dans le hall. Et après, dans la rue. Sur le trajet. Sous une porte cochère. Après tout, si ça l'amuse. Et tant que nous ne sommes pas en hiver.

Avec Marie-Christine, mais je préfère dire « la pianiste », parce que je trouve que, autant ses cheveux très courts lui vont à merveille, autant ce prénom lui va comme une moufle, avec la pianiste donc, c'est un autre rituel, pas moins plaisant : je ne monte jamais chez elle de moi-même. J'attends qu'elle joue du piano. Certaines nuits, elle ne joue pas. Peut-être qu'elle n'a pas envie de jouer, ni du piano, ni avec moi. Ou qu'elle n'est pas là. Ou bien avec quelqu'un d'autre. C'est son affaire. Ça ne me regarde pas. Mais quand elle joue, et toujours en pleine nuit, c'est comme un signal, j'enfile un pantalon, je monte l'étage qui me sépare d'elle, je frappe à sa porte. Qu'elle ouvre après un temps.

— C'est à cause du piano ? me demande-t-elle.

— Oui, c'est très beau ce que vous jouez.

— Vous voulez entrer cinq minutes ?

— Ben, c'est-à-dire…, il faudrait que je dorme et…

— Juste cinq minutes, dit-elle en ouvrant davantage la porte.

Tout exactement comme la première fois. Sauf que, avant même de toquer, je suis déjà en érection, c'est le piano qui me fait cet effet, du moins son piano à elle, et je ne suis pas loin de penser que, toute ma vie, quand j'entendrai cette mélodie-là, je me mettrai à bander, robot musical, Pavlov mélodique. Quand elle apparaît dans la porte ouverte, elle ne ferme pratiquement plus son peignoir chamarré, enfin de moins en moins, et j'ai du mal à croire que c'est par négligence. J'entre dans le petit appartement dont la pénombre me tend les bras, m'allonge sur le canapé, elle effleure comme par mégarde le tissu tendu de mon pantalon, retourne au piano pour jouer la berceuse qui est censée m'endormir, mais qui ne fait que m'exciter davantage, quand elle écarte légèrement les jambes en se cambrant sur le tabouret, se penche au-dessus du clavier pour que ses seins apparaissent, puis disparaissent, dans l'échancrure de l'étoffe, toutes choses de ce genre, et d'autres encore, avant qu'elle ne s'arrête de jouer à n'importe quel moment de la mélodie et vienne me rejoindre.

Voilà donc quelle était ma vie, sinon sentimentale, du moins sexuelle, assez intense donc, et totalement inédite, car jusqu'à présent je n'avais jamais entretenu de relations avec deux femmes à la fois, et le plus inattendu était que je n'en tirais ni remords ni embarras, persuadé que cette frénésie n'était que passagère, et n'avait d'autre fonction que de faire réapparaître Colette un jour ou l'autre. Colette à qui, pour être honnête, je pensais de moins en moins. Plus du tout en vérité.

16

La veille du mariage de Louise

Louise se marie demain samedi. Nous sommes tous invités, nous autres du Stylo de Vénus, vendeuses, vendeur et patronne. Cette dernière a décidé que, samedi ou pas samedi, le magasin serait fermé, elle m'a d'ailleurs demandé de faire un écriteau avec marqué dessus « Fermé aujourd'hui pour cause de mariage », et c'est ce que je suis en train de faire à l'instant présent.

À propos de patronne, il est bientôt midi, et nous ne l'avons toujours pas vue.

— Madame Capliet ne vient pas aujourd'hui ?

— Ben non, me fait Louise, vous savez bien, si on veut être belle pour un mariage, on va chez le coiffeur, alors elle est chez le coiffeur.

— Et vous, non ?

— Ben oui, moi aussi, bien sûr, mais comme je suis la mariée, c'est le coiffeur qui viendra chez moi, demain matin, juste avant la cérémonie.

Et l'on continue à papoter, de-ci de-là, cahin-caha, nombre d'invités, météo prévue, tenues envisagées, conversation interrompue chaque fois qu'un chaland ou une chalande entre dans le magasin, c'est dire si c'est décousu. Mais nous sommes tous et toutes très excité(e)s par ce mariage, presque autant que Louise, comme si c'était un peu notre mariage à nous aussi. Faut dire que Louise, on l'aime beaucoup, alors on se passionne.

— Qu'est-ce que vous aurez comme robe ? je demande à Louise.

— Ah, ça, mystère et boule de gomme, vous verrez bien demain, elle me répond en riant.

Et les deux autres prennent avec elle des mines de conspiratrices, la robe de la mariée étant un secret jalousement gardé, partagé entre copines, et interdit aux hommes.

Là-dessus, deux ou trois clients plus tard, et dans un moment d'accalmie, comme si elle avait attendu l'instant propice pour ne pas risquer de rater son entrée, madame Capliet pousse la porte du Stylo de Vénus en lançant un « Bonjour tout le monde » pétaradant et joyeux. Elle s'arrête avec fierté au milieu du magasin, fait une pirouette de mannequin en bout de podium, les mains sur les hanches, sous nos yeux ébahis.

— Alors, comment vous trouvez ?

Y avait de quoi être ébahi : madame Capliet s'était fait faire une nouvelle coupe, courte, moderne, inattendue, et qui, évidemment, lui allait très bien. J'étais scié.

— Ça vous va bien, a fait Yvette.

— Du coup, vous faites plus jeune, a ajouté Sandrine.

— Ben oui, ça fait toujours ça, les cheveux courts, a conclu Louise.

— Vous aimez ?

— Oui, elles ont fait toutes les trois ensemble.

— Et vous, Thomas, vous ne dites rien, vous n'aimez pas ?

— Non, non, au contraire, je suis d'accord avec les filles : ça vous va très bien. Votre mari va aimer.

— Ça, c'est moins sûr, mais peu importe, il faudra bien qu'il s'y fasse ! En revanche, ma fille, elle va adorer.

Que savait-elle de mon obsession capillaire ? Rien, sans doute. Personne n'était au courant. À part André. Mais je ne vois pas André aller trouver madame Capliet et lui conseiller de se faire couper les cheveux pour taper dans l'œil de son vendeur, André est tordu, d'accord, mais quand même pas à ce point. C'était donc le hasard. Et il était hors de question que je m'exprime davantage sur le sujet, ça aurait ressemblé à une profession de foi, pire : à une déclaration. Je suis donc resté impénétrable, façon joueur de poker, et aucune des quatre du magasin n'a pu entrevoir quoi que ce soit de ma passion pour les cheveux courts.

— Et vous, les filles, vous n'avez jamais eu envie de vous faire couper les cheveux ? Si vous saviez comme c'est agréable… C'est pas difficile : je revis, j'ai l'impression d'être une autre. Alors, non ?

Yvette et Sandrine ont grommelé je ne sais quoi, c'était inaudible, mais on comprenait que non, elles n'avaient jamais eu envie d'avoir les cheveux courts.

— Moi, a dit Louise profitant d'un silence, je ne

141

rêve que de ça. Depuis toujours. Mais quand j'étais petite, ma mère ne voulait pas, et, depuis que je suis grande, je n'ai jamais rencontré d'homme qui aime les cheveux courts. Alors bon, tant pis.

— Quel dommage, a fait madame Capliet, et votre mari non plus ?

— Non plus, a-t-elle répondu dans une petite brume de tristesse.

Des clients sont entrés, ça faisait diversion, et ça tombait bien, car j'étais à deux doigts de l'évanouissement, j'ai été obligé de me maintenir quelques secondes au comptoir, sans blague, entendre Louise se confier ainsi sur ses envies de cheveux courts m'avait pour ainsi dire anéanti, ratatiné, démoli, dévasté, et c'était André qui avait raison : je suis vraiment trop con.

Nous n'avons plus parlé de toute la journée, du moins plus parlé de coupes de cheveux, je me suis remis difficilement de mes émotions, ne quittant pas des yeux Louise qui ne rêvait que de cheveux courts, et qui allait se marier demain avec un type qui n'aimait pas ça, tandis que, dès que l'occasion d'un reflet se présentait, Arlette Capliet ne manquait pas de se regarder comme à la dérobée, satisfaite de sa nouvelle tête.

— Ah, au fait, Thomas, demain, pour le mariage de Louise, vous acceptez d'être mon chevalier servant ?

Comme d'habitude, c'était une proposition qui ressemblait un peu à un ordre, une proposition qui ne se discutait pas, et après l'enterrement de monsieur Cornille, puis maintenant le mariage de

Louise, j'étais en train de devenir l'escorte officielle de ma patronne, ce n'est pas que ça me déplaisait, puisque j'aimais bien cette femme, mais enfin elle avait vingt ans de plus que moi, est-ce qu'on n'allait pas jaser dans les travées ?

— Monsieur Capliet n'est pas libre ?

— Mon mari est un homme très gentil, paisible, mais il déteste tellement les mariages que je me suis toujours demandé par quel miracle il était venu au nôtre.

Difficile de me dérober, d'autant que je n'avais pas prévu d'être avec quelqu'un, l'affaire était donc entendue.

— Il est joli votre panneau, Thomas, il faudra penser à le scotcher ce soir sur la porte.

— Merci, oui… oui, je vais faire ça…

Ce vendredi soir-là, veille du mariage de Louise, je n'avais pas la tête à attendre Amandine après son service, j'ai marché dans les rues, comptabilisant les rares filles, jeunes femmes et femmes qui avaient les cheveux courts, elles n'étaient pas nombreuses mais elles étaient toutes très belles, je suis rentré tard chez moi, et me suis écroulé comme groggy sur mon lit en espérant que la pianiste d'en haut ne jouerait pas ce soir-là, coup de bol elle n'a pas joué, tant mieux, je ne sais pas si, troublé comme je l'étais, j'aurais eu le cœur à entrebâiller davantage son peignoir multicolore.

17

Le mariage de Louise

Il fait un temps radieux, je suis content pour elle, pour Louise, pour nous tous, car le vieux dicton du mariage pluvieux mariage heureux est d'une stupidité sans nom, sans doute inventé par les marchands de parapluies et les déçus de la météo. Donc aujourd'hui il fait beau, et c'est aussi bien comme ça.

Arlette Capliet est venue me chercher au bas de chez moi, en taxi, à l'heure dite, et nous voilà partis. J'avais mis un costume-cravate d'un ton discret et élégant, faut dire que je n'en ai pas d'autre. Elle était habillée d'une robe inédite, qu'on aurait dite taillée dans un dessus-de-lit à fleurs, mais qui, bizarrement, lui allait plutôt bien. Avec chapeau assorti, fleuri en abondance, acheté, me dit-elle, pour la circonstance.

— Vous êtes superbe, Thomas, je suis contente d'être accompagnée par vous.

Normalement, j'étais censé lui retourner le compliment, mais je n'ai trouvé à répondre que :

— Vous aussi... (qui répondait à « vous êtes

superbe »)…, moi aussi… (qui répondait à « je suis contente d'être accompagnée par vous »).

Réponse qui avait au moins le mérite de la concision, et qui eut l'air de lui convenir.

Le trajet en taxi fut sans histoire, excepté le moment où nous passâmes devant un immeuble dont Arlette dit :

— C'est ici que j'habite.

Elle avait donc fait faire au taxi le détour par chez moi, avant de repasser sous ses propres fenêtres, derrière lesquelles j'imaginais son mari régnant sur un gigantesque réseau ferroviaire miniature, chef de gare non cocufié, du moins pour l'instant, car c'était plus fort que moi : je ne pouvais chasser de mon esprit cette vision de madame Capliet me sautant dessus avec ses cheveux courts sur la banquette arrière du taxi, vision qui me rendit silencieux jusqu'à la fin du trajet.

Nous voici arrivés au lieu du mariage, c'est-à-dire à la mairie. Déjà beaucoup de monde, nous ne sommes pas les premiers. Nous descendons de la voiture, Arlette et moi, je me mets à imaginer les commentaires à propos de notre couple désassorti, et dont j'ai décidé, là, à la seconde même, de me moquer éperdument, vraiment trop heureux d'alimenter les conversations foireuses, moi qui ne suis qu'un invité anonyme, une relation de la mariée, un collègue de travail, un ami, un ex-amant d'une nuit. Du coup, comme aurait dit Sandrine, du coup ça ne me déplaisait pas que madame Capliet me prenne le bras et se serre contre moi. Au moins j'étais à l'abri, à l'abri de quoi, je n'en savais rien, mais à l'abri de quelque chose, et les commentaires pouvaient aller bon train, je m'en fichais comme de mon premier bavoir.

Et voilà que je tombe sur André.

— Qu'est-ce que tu fais là ? je lui dis, archi-interloqué.

— Rien, je viens au mariage de Louise, il me répond comme si c'était normal qu'il soit là au mariage de Louise, alors que ça n'est pas normal du tout, il dit bonjour à Arlette, et nous tend des poignées de confettis.

— C'est pour la sortie, il nous précise, comme s'il craignait que nous ne sachions pas quand nous en servir.

— Mais qui t'a invité ?

— Louise.

— Tu la connais ?

— Oui, oui, un peu…, me répond-il en regardant ailleurs, avec un air de traître de mélodrame, avec la tête du type qui en sait plus qu'il ne veut bien en dire.

Il pose alors une main sur mon épaule, et, à voix basse, sur le ton monocorde des messages de Radio-Londres, me glisse à l'oreille :

— N'oublie pas que tant qu'elle n'a pas dit « oui », elle n'est pas mariée.

Il s'est redressé, pas mécontent de son effet, m'a fixé d'un regard anthracite, et il nous a laissés là, partant se mêler à d'autres groupes, d'autres hommes, d'autres femmes, se comportant avec eux et elles comme s'il les connaissait depuis toujours, alors que j'étais sûr que c'était du flan, du bidon,

147

du vent, du chiqué, de l'esbroufe, et qu'André ne connaissait personne.

Tout cela n'était pas net, net, mais avec André on peut s'attendre à tout, s'attendre à ce qu'il soit là quand ce n'est pas prévu, s'attendre à ce qu'il n'y soit pas, en l'occurrence il était là, et j'étais bien incapable de comprendre comment et pourquoi.

— Allons nous asseoir, me dit madame Capliet, m'entraînant vers la salle des mariages, et me sortant de mes interrogations du moment.

Les mariés sont déjà assis. Je les vois de dos. Madame Capliet, parfait brise-glace, nous fraye un chemin au milieu de tous ces gens indécis qui ne savent pas s'ils vont s'asseoir maintenant ou continuer à papoter un peu (alors qu'ils ont devant eux toute la soirée pour le faire), toujours est-il que nous nous retrouvons sur une rangée latérale de chaises, où nous prenons place, et qui nous permet de voir les mariés de trois quarts face. Je dis « mariés », mais je devrais dire « futurs mariés », puisque, comme me l'a ressassé André : tant qu'elle n'a pas dit oui…

Louise est d'une beauté étourdissante. Les épaules nues, émergeant d'un bustier sans la moindre bretelle (ces épaules que je connais bien, pour les avoir embrassées). La taille fine (cette taille que je connais bien, pour l'avoir tenue entre mes mains). Et puis surtout les jambes (ces jambes que je connais bien, pour les avoir longuement caressées), mises en valeur par la découpe audacieuse de la robe elle-même : très courte sur le devant, découvrant presque le haut des cuisses, longue derrière,

148

formant une minitraîne de plumes blanches. Un culot fou. D'une beauté folle.

Le fiancé, lui, n'est pas d'une originalité aveuglante. Limite banal. Sans doute guère brillant. Ni rigolo. Employé de banque. Bientôt provincial.

Louise est en train de parler avec des amis. Elle ne nous a pas encore vus. De l'autre côté de la salle, face à moi, symétrique, j'aperçois André, debout, qui promène son regard de Louise à moi, de moi à Louise, comme pour me dire : « Et c'est cette fille-là que tu laisses filer ! » Oui, je sais, André, je suis vraiment trop con, ta gueule. Madame Capliet m'enlise un peu plus :

— Elle est belle, notre Louise, non ?

— Oui.

— C'est un beau mariage.

— Oui.

— Vous aimez les mariages ?

— Oui.

— Vous allez vous marier ?

— Oui.

Là-dessus, sentant que ça allait bientôt commencer, les amis de Louise regagnent leurs places, laissant les jeunes futurs mariés seuls sur leur siège, au centre de tous les regards (enfin, elle surtout), et, peut-être parce qu'elle sent que je la regarde plus intensément que n'importe qui d'autre, elle se tourne de notre côté, nous découvre, Arlette et moi, s'illumine, heureuse de nous voir là, et puis elle me sourit, à moi tout seul, avec une expression un peu grave, ambiguë, insistante, finit par m'envoyer un baiser.

Et je dois dire que là, à cet instant, je n'ai qu'une envie, l'envie de me lever, d'aller vers Louise, de lui dire à l'oreille « Viens avec moi, j'adore les cheveux courts », et de partir avec elle.

C'est alors que le maire entre en piste, mettant un terme brutal à cette envie, que j'aurais été bien incapable d'assouvir. Tout le monde se lève. J'écoute à peine ce qui se raconte. Les mots me viennent comme filtrés par un brouillard épais. Il est question de fidélité, de même toit, d'enfants. Et puis vient la question que tout le monde attend :

— Mademoiselle Louise Bardet, voulez-vous prendre pour époux monsieur Jean-Marie Dussart ici présent ?

S'il y avait une mouche dans la salle des mariages, on l'entendrait se déplacer au-dessus de nos têtes. Ça dure à peine une seconde. Louise ne répond pas tout de suite. Il y a comme un flottement. Quelque chose de suspendu. Presque rien. Pas vraiment une hésitation, non, juste un temps. Imperceptible. C'est comme si l'image était ralentie à l'extrême. Comme si la seconde présente semblait ne pas vouloir finir. Elle regarde son fiancé. Me jette un coup d'œil (du moins m'a-t-il semblé). Est-il possible qu'elle réponde « non » ? Est-il déjà arrivé que, comme un cheval refusant l'obstacle, une mariée se dérobe au dernier moment ? Bon, d'accord, ça flanque la fête par terre. Mais si tout d'un coup elle n'a plus envie. Si elle ne veut plus se marier. En tout cas plus avec ce type-là. Si elle en aime un autre. De toute façon, le fait même de poser la question prouve bien qu'on a le choix dans la réponse. Et

150

puis voilà que, au terme de cette seconde d'éternité, Louise finit par répondre :

— Oui.

C'est clair, audible, rond, parfait. Elle a dit oui. Je suis effondré. Je vais m'effondrer.

Mes jambes peuvent lâcher d'une seconde à l'autre.

Là-bas, en face, André écarte légèrement les bras sur le côté, avec une mine désolée.

Est-il nécessaire de préciser que l'approximatif Jean-Marie Dussart a accepté de prendre pour épouse Louise Bardet, c'est tout juste s'il n'a pas ajouté « Et comment ! ».

Comme si elle percevait le désarroi qui m'envahit, un désarroi ravageur façon tsunami, madame Capliet se penche vers moi et me dit, assez fort, pour couvrir les applaudissements hystériques et insouciants de l'assistance en liesse, alors que je ne peux détacher mes yeux des mariés qui s'embrassent :

— Vous saviez, Thomas, que vingt pour cent des couples se sont connus dans un mariage ?

— Ah bon, je fais, j'aurais pas pensé autant.

— C'est comme ça, c'est statistique.

— Et pourquoi vous dites ça, Arlette ? je demande.

— Eh bien, parce que nous sommes dans un mariage, et que dans les mariages, toutes les femmes sont jolies !

Et c'est vrai que ces femmes, jeunes, mûres, adolescentes, maquillées, coiffées, endimanchées (même si on était samedi), lumineuses, ouvertes,

étaient toutes jolies. Mais, avant de prendre le
risque de jeter mon éventuel dévolu sur l'une
d'elles, il me fallait savoir lesquelles étaient prises,
lesquelles étaient disponibles, ce qui n'est jamais
simple, rien ne pressait, je verrais ça plus tard, au
cours de la réception, de toute façon j'étais en main,
puisque flanqué d'Arlette Capliet, dont j'imaginais
qu'elle n'allait pas me quitter d'une semelle, qui
pour l'instant s'accrochait à mon bras gauche, et
qui, sans blague, était vraiment mignonne avec ses
nouveaux cheveux courts. Dire de sa patronne
qu'elle est « mignonne » peut sembler choquant. Et
du reste est-ce que « mignonne » est l'adjectif idéal
pour définir une femme de cinquante ans ? Toujours est-il que, c'était comme ça, je n'y pouvais
rien, Arlette était mignonne. Sincèrement.

Quelques instants plus tard, la salle des mariages
est vide, nous sommes dehors, sur le parvis de la
mairie, attendant la sortie des mariés. Les voilà.
Elle le dépasse d'une tête. Il est un peu ridicule.
Les jambes de Louise, plus interminables que
jamais, sont éclaboussées de soleil. Les épaules
aussi. Et le visage. Et le sourire radieux. Les confettis sont balancés en l'air, atténuant provisoirement
la lumière au-dessus du nouveau couple. On rit.
On applaudit. On se dirige vers les voitures pour
se rendre à la réception. Voitures dans lesquelles
on retrouvera encore, des mois plus tard, quelques
confettis que l'aspirateur de la station-service

n'aura pas su dénicher, comme un souvenir lointain de cette belle journée de fête.

André est déjà arrivé à la réception. Il vient vers nous en nous tendant deux coupes de champagne.

— Alors, pas trop déçu ?

Madame Capliet, qui pense que la question est pour elle, répond :

— Si, un peu, bien sûr, car je vais perdre une très bonne vendeuse, mais elle a l'air si heureuse !

Je complète avec :

— Ça va, je tiens le coup.

Et je me noie dans ma coupe, car on n'a encore rien inventé de mieux que le champagne pour terrasser l'amertume, cependant qu'André repart sympathiser avec tous ces gens qu'il n'a jamais vus de sa vie.

Nous mangeons des canapés variés, plongeons dans les pains fantaisie, remplissons nos coupes, sourions à des personnes souriantes, guettons de loin la mariée que tout le monde félicite, évitons de justesse les enfants qui courent entre nos jambes d'adultes, surprenons le marié avec un bébé dans les bras, un bébé qui ne lui appartient pas, mais qu'il berce d'une manière un peu gauche comme pour dire qu'il en aura bientôt un à lui, repérons les parents de Louise, des gens charmants auxquels nous nous présentons, retrouvons Yvette et Sandrine, dont je n'arrive pas à savoir si elles sont venues accompagnées, reconstituons avec elles une grande partie de notre petite famille papetière, une sorte d'enclave du Stylo de Vénus en terre étrangère, et nous ne nous quittons plus, tous les quatre, comme si nous n'existions qu'ensemble.

Plus tard, alors que le jour consent à décliner mollement, dégradant le ciel d'un bleu marine très chic, alors que les guirlandes électriques s'allument les unes après les autres, alors que les rires fusent ici ou là, alors que la mariée est plus belle que jamais, alors que bon nombre de participants – dont le marié – ont déjà tombé la veste, alors qu'un nourrisson pleure là-bas, jusqu'à ce que sa maman se dégrafe pour lui donner le sein, alors que l'heure commence à me rendre vaguement sentimental, et que le champagne commence à faire son effet, un disc-jockey a enfourché son matériel, poussant la sono, pour le plus grand bonheur des danseurs qui, enhardis par l'alcool, ne se font pas prier pour envahir la piste.

— On y va ? me demande madame Capliet.

J'ai cru qu'elle voulait rentrer. Non, non, elle avait envie de danser. Et j'étais son escorte officielle. Nous avons donc dansé. Le rock. La rumba. Le tcha-tcha. La samba. Arlette aimait danser. C'était un plaisir de la voir bouger. De la lâcher. De la reprendre in extremis. D'enlacer sa taille. Infatigable. Très gaie. Monsieur Capliet ne devait pas souvent l'emmener dans les dancings : elle rattrapait le temps perdu. Sandrine et Yvette dansaient avec des jeunes gens de passage, faisaient connaissance, des couples étaient peut-être en train de se former, pour ne pas fausser les statistiques.

André avait disparu. Je suis à peu près sûr qu'il

s'était fait inviter uniquement pour voir ma tête quand Louise dirait « oui ».

Je n'ai pas dansé avec Louise. Non pas qu'Arlette m'en ait empêché. Mais je n'avais pas le cœur. Ça aurait été comme un coup de grâce, une mise à mort, une guillotine. Tenir Louise dans mes bras, une dernière fois, la respirer, sentir son corps contre le mien, alors qu'elle appartenait à un autre homme, aurait été pour moi une épreuve insurmontable. Je suis sûr qu'elle a compris mon attitude.

Toujours est-il que ce mariage merveilleux fut sans doute le jour le plus maussade vécu depuis longtemps, puisque, comme un con, je venais de laisser filer la femme de ma vie.

Comment annoncer ça à ma mère ?

18

Dimanche, puis lundi, mardi, etc.

– J'ai rencontré la femme de ma vie, je dis d'un ton aussi neutre que possible, sans triomphalisme, pour que mes parents n'aillent pas se faire trop d'idées.

— Ah bon, très bien, dit mon père.

— Enfin ! ajoute ma mère en manquant de lâcher le fraisier.

— C'est qui ? conclut ma sœur Francine, pragmatique.

— Vous la connaissez pas, c'est une des vendeuses de la papeterie.

— Je t'avais bien dit de regarder autour de toi ! exulte mon père, hein, est-ce que je ne t'avais pas dit ça ?

— Si, si.

— Et c'est pour quand le mariage ?

— C'était hier.

— Quoi ?!! font-ils tous les trois en chœur, mais nous n'avons pas été invités !!!

— Et pour cause : la femme de ma vie s'est mariée hier, mais avec un autre que moi.

— C'est quoi, cette histoire ? s'étrangle ma mère.

— C'est pas compliqué, je dis en baissant le nez, penaud, je me suis rendu compte trop tard que cette femme était la femme de ma vie…

Silence autour du fraisier, auquel personne n'ose toucher. Du moins pour l'instant. La grosse horloge s'en fout bien, du silence, avec son tic-tac assommant. Ils ouvrent tous des yeux en soucoupes volantes. Je ne sais plus si c'est mon père, ma mère, ou ma sœur, qui dit :

— Tu vas faire quoi ?

— Attendre qu'elle divorce, je réponds.

Nouveau silence, ahuri, ébahi, décidément, le dessert n'est pas près d'être entamé. L'horloge, sûrement ahurie et ébahie elle aussi, ne peut pour autant s'empêcher de tictaquer.

— Évidemment qu'elle va divorcer, je commente, son mari a une tête de moins qu'elle, porte mal l'habit, ne sait pas tenir un bébé dans ses bras, travaille dans une banque, veut habiter la province, et n'aime pas les femmes aux cheveux courts. Je lui donne un mois.

Nous mangeons (enfin) le dessert sans échanger un mot. Mes parents sont atterrés. Ils doivent penser que leur fils est vraiment un con, difficile de ne pas être d'accord, j'aurais dû venir avec André, ils seraient tombés d'accord.

Si je donne un mois à Louise pour faire le tour de son mari, se rendre compte qu'elle s'est trompée, prendre ses cliques et ses claques, et me tomber dans les bras, c'est parce que je suis vert de l'imaginer avec un autre, et aussi parce que ça arrange-

158

rait bien mes affaires : dans un mois j'ai trente ans, si Louise ne divorce pas la semaine prochaine et si je dois chercher quelqu'un d'autre, ça va faire court.

— Retourne voir ta voyante, ironise mon père entre deux bouchées de fraisier, elle va te dire la date du divorce.

— Je préfère ne pas répondre, je réponds.

— C'est aussi bien, il fait.

Ce seront les derniers mots de ce dimanche un poil tendu. Mon père s'envoie un verre de calvados. Francine m'embrasse sur la joue et part retrouver une amie, ou son ami. Je file à mon tour, pendant que ma mère, prostrée dans la cuisine, face à la vaisselle du repas, attend sereinement la mort qui ne vient pas.

C'est curieux, enfin si l'on veut, mais je ne repensais plus du tout à cette voyante, que j'avais été consulter comme par désœuvrement, et qui avait quand même été rudement précise dans ses prédictions, lorsqu'elle m'avait parlé de rencontre « inespérée » (c'est le mot qu'elle avait employé), « non loin d'une gare, peut-être même dans un train ». Et justement, dans le train, j'y étais, revenant de la banlieue de mes parents, et sur le point d'arriver en gare d'Austerlitz. Par acquit de conscience, je regarde autour de moi, sait-on jamais. Que dalle, nib, peu de passagers, et pratiquement que des hommes ou des jeunes gens, avec des mines de dimanche, la prédiction de la voyante ne concernait ni ce train, ni ce wagon, ni ce jour.

Arrivé en gare d'Austerlitz, n'ayant rien de spécial à faire, ou plutôt n'ayant envie de rien faire, ce qui, en gros, revient au même, je décide de rester là, sur un banc, à regarder passer les gens. Des fois que.

Je suis resté trois heures. J'ai été abordé par huit mendiants, SDF et clochards, à qui j'ai donné des pièces. J'ai entrevu des types ivres qui en venaient aux mains. Un enfant lâchant par inadvertance un ballon Hippopotamus. La mère de cet enfant tentant de le consoler en lui achetant *Picsou Magazine*. Une vingtaine de pigeons se disputant un sandwich abandonné. Des équipes de femmes noires lasses de nettoyer les wagons, surtout un jour où personne ne travaille. Un couple âgé perplexe avec bagages ne comprenant rien au tableau d'affichage des départs, et d'ailleurs regardant celui des arrivées. Des employés de la SNCF commentant une émission de télévision. D'autres gens encore. Disparates. Amollis. Vacants. Mais aucune femme de ma vie à l'horizon. C'est le contraire qui eût été étonnant.

En fait, le destin, ça ne marche pas comme ça : on ne peut pas le provoquer. Sinon, ça serait trop facile.

Ce qui restait du dimanche a été chaotique et scabreux. Par dépit – oui, c'est exactement cela : par dépit –, je suis allé boire un verre de je ne sais plus quoi au café où Olga avait été remplacée par une serveuse standard. Puis traîner sur le boulevard, pour attendre la fin du service de Chez Raoul. Amandine est sortie tard, le dimanche, c'est toujours un peu tard, elle était contente de me voir, nous avons marché dans la douceur des rues désertes, et ce que j'avais imaginé arriva : avant d'atteindre le bas de son immeuble, elle m'a embrassé avec un appétit incroyable, appétit que je connaissais bien, ce genre de baiser ayant toujours été le prélude à nos étreintes, m'a plaqué contre le mur, s'est collée à moi, a ouvert ma braguette, a plongé la main, m'a caressé, puis déplacé progressivement vers le renfoncement d'une entrée de magasin, où nous avons fait l'amour debout, en quelques minutes l'affaire était entendue. Je m'étais laissé faire car, d'une part, je n'avais aucune envie de contrarier Amandine, et, d'autre part, je savais que c'était la dernière fois que nous faisions l'amour ensemble. Il ne me restait plus qu'un mois, et ce n'était plus le moment de me disperser.

— Tu n'as pas aimé ? me demande Amandine.

— Si, beaucoup.

— Mais quoi ?

— Mais rien.

On se rattife, on s'embrasse, on se sépare, on se demande en riant où nous le ferons la prochaine fois, question idiote puisqu'il n'y aura pas de prochaine fois.

Arrivé chez moi, je me déshabille et m'écroule sur mon lit. Sans dormir. Car je suis sûr que là-haut la pianiste va pianoter. Et en effet, elle pianote. Je monte. Je toque. Elle ouvre la porte. Tiens, son peignoir, d'habitude si délicieusement entrebâillé, est fermement fermé. Je me demande d'où vient cette pudeur subite. Pas longtemps. Car elle referme la porte. Se pose devant moi avec une expression dont je ne parviens pas à comprendre si elle est amicale ou hostile. Et laisse tomber :

— Je t'ai vu, tout à l'heure, dans la rue.

— Quelle rue ?

— Une rue.

— Pourquoi tu n'es pas venue ?

— Parce que tu étais avec quelqu'un, et que vous n'auriez pas aimé qu'on vous dérange.

Aïe. La tuile. Pire que la tuile : le toit entier.

— Heu… je peux t'expli…

— Pas la peine. Je m'en fous.

Sans me quitter des yeux, et avec la même expression ambiguë, elle prend ma main, y dépose un des bouts de la ceinture en tissu, referme mes doigts dessus, se recule lentement vers le canapé, dénouant le nœud, laissant tomber son peignoir, dévoilant son corps de princesse.

— Je ne suis pas jalouse… Viens là, ce sera plus confortable… J'espère qu'il te reste encore quelques forces…

Des forces, il m'en restait un peu, suffisamment pour faire illusion, et, juste au moment de jouir, j'ai pensé qu'avec elle aussi il s'agissait de la dernière fois.

Comment expliquer à l'une comme à l'autre qu'il valait mieux arrêter de se voir ? Je n'en savais rien. Difficile de mentir en leur disant par exemple que

162

j'allais quitter Paris : Le Stylo de Vénus était voisin de Chez Raoul, et la pianiste habitait au-dessus de chez moi. Encore plus difficile d'avouer que j'étais à la recherche de la femme de ma vie, que ça devenait urgent, et qu'elles ne faisaient pas l'affaire. Le règlement de ce problème devrait attendre. À moins que je ne laisse la situation s'effilocher, comme ça arrive souvent, quand on ne sait pas comment se sortir d'une voie sans issue. Et tant pis si ce n'est guère glorieux. Ce soir-là je n'avais pas l'énergie, ni le cœur, à être héroïque.

J'ai dormi dans les bras de la grande belle pianiste noire, en pensant à elle, à Amandine, à Louise, à Colette aussi, qui, profitant de la nuit, était remontée à la surface, à madame Capliet, à ma mère, à ma sœur, dans l'ordre et dans le désordre. J'avais connu des nuits plus calmes.

Le lendemain lundi, n'ayant rien trouvé de mieux, j'ai fait le tour de toutes les gares parisiennes, gare de Lyon, gare de l'Est, gare du Nord, gare Montparnasse, en évitant la gare d'Austerlitz que, depuis la veille, je ne sentais pas plus que ça. Tirage au sort de l'ordre des visites, trente minutes dans chaque, pas une de plus, pas une de moins, pour ne privilégier aucun quai, mais avec un sentiment étrange, tenace, vissé au ventre, et qui pouvait se résumer ainsi : « Je suis en ce moment à la gare de Lyon, mais qui me dit que la femme de ma vie n'est pas, elle, au même instant, en train de descendre d'un wagon gare du Nord ?... » D'autant que rien ne m'assurait de la pertinence des prévisions de la voyante. Néanmoins, j'étais décidé à aller jusqu'au bout de mon plan (que l'on était en droit de trouver inepte, je sais), encouragé par le flot copieux des voyageurs, même si c'était les voyageuses que je guettais. Avec un peu de chance, la femme de ma vie traînerait une énorme valise inlevable, je pourrais lui proposer de l'aider à la porter, elle accepterait, surtout qu'elle serait sur le point de descendre des escaliers, au bas des marches nous aurions déjà fait connaissance, et de fil en aiguille nous ne nous quitterions plus. Oui, c'est comme ça que ça pouvait se passer. Idéalement, c'était comme ça.

J'en étais là de mes pensées, espoirs et rêveries, ayant fait chou blanc dans les trois premières gares de ma tournée ferroviaire, quand, dans la salle des pas perdus de la gare du Nord, je tombe sur André, ou plutôt André tombe sur moi, puisque, ne regardant que les jeunes femmes, je ne l'avais pas vu arriver.

— Qu'est-ce que tu fabriques ?

Je lui explique la voyante, les trains, mon plan, avec l'exaltation qu'on imagine, tout en continuant à dévisager les passagères qui nous passent autour.

— C'est pas vrai, c'est une blague ? il dit en riant, mais un poil inquiet quand même.

— Non, pourquoi ?

— Je ne te crois pas.

— Mais si, je dis en m'énervant vaguement, de toute façon t'es pas obligé de me croire, laisse-moi maintenant, tu me fais perdre mon temps.

Il s'est tu pendant quelques secondes, m'a pris

par les épaules, et m'a fait pivoter face à lui. Et puis, gravement, il m'a dit :

— Thomas, réveille-toi et écoute-moi : tu es en train de devenir maboul.

Alors il m'a lâché. Et je suis resté immobile. Un peu ailleurs. Stupide. Sonné. Réalisant ce qu'il venait de dire. Il avait raison : je filais un mauvais coton.

— Viens, on va boire un coup.

Nous nous sommes installés à la terrasse du premier café venu, et André m'a ramené sur terre. Je lui ai expliqué qu'il me restait très peu de temps pour trouver la femme de ma vie, à peine un mois, ce à quoi il a répondu cette phrase définitive :

— Ce n'est pas en la cherchant que tu la trouveras.

André, c'est vraiment un ami.

Ensuite, le mardi est arrivé, nous avons ouvert le magasin qui s'ennuyait de nous parce qu'il était resté fermé trois jours pour cause du mariage de Louise, Louise qui n'était pas là, madame Capliet lui ayant accordé avec joie une semaine de liberté afin qu'elle puisse partir en voyage de noces. Dans quelques jours, nous recevrions une carte postale de Venise, d'Espagne, ou d'ailleurs, qui se terminerait par des baisers collectifs à notre petite équipe.

Et je savais que, malgré les recommandations d'André, ce serait plus fort que moi : quand Louise rentrerait de son voyage, en écoutant ses commentaires et scrutant sa mine, je saurais si elle était toujours amoureuse de son mari quelconque, ou bien si elle s'était rendu compte que ce type ne la méritait pas.

Le mardi suivant est arrivé, après une semaine de routine. Je ne suis plus allé attendre Amandine à la fin de son service. Ne suis plus monté quand la pianiste pianotait. Elles ont dû se poser des questions. Puis ont cessé de s'en poser. Pensant que j'étais parti ailleurs, dans d'autres bras. Nos aventures étaient parfaitement plaisantes, mais c'était juste comme ça, nous n'étions pas amoureux ni amoureuses, ce qui, c'est connu, rend les séparations moins compliquées.

Louise est revenue au magasin, radieuse, plus belle que jamais, légèrement hâlée (nous avions bien reçu la carte postée de Marrakech), enthousiaste, et j'ai bien compris, non sans amertume, que son divorce n'était pas à l'ordre du jour. Dès que la clientèle s'espaçait, Yvette et Sandrine la harcelaient de questions sur le voyage, l'hôtel, le temps qu'elle avait eu, s'il n'avait pas fait trop chaud, si les gens étaient gentils, si la nourriture était bonne, si elle était heureuse.

J'ai trouvé refuge dans la réserve, sous prétexte de trier, classer, ranger, c'était la seule solution possible pour m'éloigner de Marrakech et des jeunes mariés. À travers la porte, chaque rire de Louise me plantait un couteau dans le ventre. Elle n'y était pour rien. C'est moi qui avais été, décidément, un vrai con.

Au bout d'un moment, j'ai entendu :

— Thomas, vous êtes là ?

C'était madame Capliet, qui avait sûrement compris entre les lignes pourquoi je m'étais replié dans les rayonnages, l'intuition féminine m'a toujours laissé sur le cul.

— Où êtes-vous ?

L'endroit n'était pas si grand, et nous n'étions pas là, ni elle ni moi, pour jouer à cache-cache, mais c'est bizarre, tout en lui répondant : « Ici, devant les ramettes », je me suis rendu compte que nous ne nous étions jamais retrouvés ensemble, seuls, dans la réserve, il faut dire qu'elle n'y mettait pas souvent les pieds.

Elle arrive au bout de la rangée, où je suis en train d'inventorier les ramettes que nous avons, afin d'envisager un réassort.

— Ça va, Thomas ?

— Oui, madame.

— Arlette.

— Oui, Arlette.

— Ça vous plaît toujours, la papeterie ?

— Toujours. Et je ne vois pas de raison pour qu'un jour ça ne me plaise plus. Je suis heureux, ici.

Là, j'en faisais peut-être un peu trop, mais ça m'était venu comme ça, parfois on dit des choses que l'on pense, mais en grossissant le trait, sans savoir pourquoi, et c'était exactement ce que je venais de faire. Mais j'étais légèrement troublé par la présence de ma patronne dans la réserve. Nous avions eu des moments quasi intimes, disons inattendus, nous avions enterré un vieux professeur de physique-chimie, nous avions dansé ensemble au mariage de Louise, d'après ce qu'elle laissait entrevoir de sa vie privée, elle ne semblait pas très heureuse en ménage, et sa vie sentimentale était loin d'être terminée, bref, j'en étais là, un peu intimidé, devant les ramettes en réserve, et n'ayant aucune idée de ce qu'elle me voulait.

— Vous aimez les modèles réduits, Thomas ?

— Ah oui, beaucoup !

— Vraiment ? fait-elle, étonnée de mon enthousiasme.

— Vraiment. Pourquoi ?

— Parce que je sais que ça ferait plaisir à mon mari si vous veniez voir son installation de chemins de fer miniatures.

— Bien sûr. Avec le plus grand plaisir.

— Vous verrez, c'est assez immense. Moi-même, au début, j'étais un peu goguenarde, et je dois dire qu'aujourd'hui je suis impressionnée. Vous êtes libre pour venir dîner demain soir ?

— Mais oui. C'est parfait. Merci.

— Très bien. Alors, je retourne écouter le documentaire marocain. J'espère que Louise ne va pas nous montrer ses photos : je n'aime pas trop regarder les photos des gens heureux.

— Oui. Je comprends.

Un dernier sourire, comme une connivence entre nous, une de plus, et hop, la voilà repassée du côté magasin, où les rires fusaient. Peu de temps après, j'en ai fait autant, je ne pouvais quand même pas passer ma journée dans la réserve, sous prétexte que le bonheur de Louise me crucifiait, et je me suis occupé des clients, comme le bon vendeur d'articles de papeterie que j'étais, et heureux de l'être. Madame Capliet, avec des mines d'entremetteuse, m'a glissé un mot sur lequel elle avait marqué l'adresse, le code, l'interphone, l'étage, et l'heure à laquelle j'étais attendu.

Cette invitation à dîner me plaisait. Pourquoi ? Parce que, pendant un moment d'égarement, j'avais pu craindre un éventuel dérapage de ma patronne dans la réserve, et que j'étais soulagé (et honteux) de m'être grossièrement trompé. Parce que j'étais heureux de faire la connaissance de monsieur Capliet, et de son installation. Parce que ça m'intéressait de voir dans quel appartement vivait madame Capliet, c'est vrai, elle connaissait chez moi, et je ne savais rien de chez elle. Parce qu'elle m'avait invité moi, et pas les filles, et qu'il y avait là comme un privilège auquel j'étais sensible. Et puis aussi parce que, en effet, j'aime les modèles réduits, surtout les réseaux de trains. Donc, cette invitation à dîner me plaisait.

19

Dîner chez les Capliet

Le lendemain soir, après Le Stylo de Vénus, et avant de me rendre chez les Capliet, je repasse chez moi pour, comme on dit, me rafraîchir : douche, chemise propre, cravate discrète, costume, le même que pour le mariage de Louise, puisque je n'ai que celui-là, juste ce qu'il faut d'eau de toilette, un observateur invisible et neutre pourrait croire que je me rends à un rendez-vous galant, alors que je vais juste dîner chez ma patronne, faire connaissance de son mari et regarder tourner ses trains.

Fleuriste. Taxi. J'y suis. Code. Interphone. C'est elle qui me répond :

— Ah, Thomas, merveilleux ! Cinquième étage.

Ascenseur. Cinquième étage donc. Elle ne m'a pas dit porte gauche ou droite, sans doute elle entendra l'ascenseur et ouvrira pour que je sache, mais non, même pas, c'est plus simple que ça : il n'y a qu'une porte sur le palier. *Dring.* Elle ouvre. M'accueille. Joyeuse. S'extasie sur les fleurs. Une folie. Il ne fallait pas. Tient à les mettre illico dans l'eau. Va chercher un vase. Disparaît en appelant son mari. Elle, partie en cuisine avec le bouquet, et monsieur Capliet n'arrivant pas tout de suite, je reste quelques instants seul dans le living, et je comprends quel bel appartement on peut s'acheter quand on gagne au Loto. Monsieur Capliet apparaît, venant de la pièce adjacente.

— Vous êtes Thomas ? Bonsoir, Thomas. Heureux de faire votre connaissance.

Poignée de main cordiale. Grand type fringant, chaleureux, ouvert, et pas du tout le légume navrant penché sur ses modèles réduits que l'on pouvait imaginer.

— Bonsoir, monsieur, moi aussi je suis heureux de vous...

— Ah, je vois que vous avez fait connaissance !

Madame Capliet réapparaît au petit trot avec les fleurs en vase, les pose sur la table.

— Pas de « monsieur » entre nous, appelez-moi Léon.

— Votre femme m'a demandé de l'appeler Arlette, j'ai déjà un peu de mal, alors vous, Léon...

— Je vous comprends très bien, fait Arlette en se joignant à nous, transformant notre duo en trio, d'autant que mon mari porte un prénom aussi ridicule que le mien, mais c'est comme ça, on n'y peut rien, y a plus grave dans la vie, non ?

La voilà repartie, elle virevolte, s'active, s'affaire, on la croirait montée sur ressorts, exaltée, fébrile, enthousiaste.

— Et si tu allais montrer ton installation à Thomas, chéri ?

172

— Vraiment, ça vous intéresse ? me demande avec modestie Léon Capliet.

— Oui, oui, beaucoup. Je vous promets.

— Alors, allons-y. Mais d'abord…

Il fait sauter le bouchon de la bouteille de champagne qui commençait à s'ennuyer dans son seau à glace, nous sert deux coupes et m'entraîne à côté.

— Venez, c'est par ici.

Nous partons vers la pièce d'où il a émergé tout à l'heure, une pièce immense, non, pas immense : gigantesque, baignée d'une lumière bleutée dont on ne voit pas la source, et au milieu de laquelle trône le plus formidable réseau ferroviaire miniature qu'on puisse imaginer : dizaines de voies, gare de voyageurs, gare de marchandises, gare de triage, aiguillages, sémaphores, passages à niveau, ponts, tunnels, locomotives, TGV, TER, autorails, montagnes, prairies, animaux, routes, automobiles, camions, chalets, maisons, maisons en construction, immeubles, commerces, centaines de personnages vaquant à leurs occupations, des heures, des mois, des années de travail.

— Alors ? me demande Léon Capliet.

— Je… c'est inouï… et c'est vous qui… ?

— Oui, tout seul. J'ai mis dix ans. En travaillant tous les jours. Je ne savais pas que ça prendrait de telles proportions mais quand on commence on ne peut plus s'arrêter c'est comme une drogue vous savez d'ailleurs ça n'est pas fini ça ne sera jamais fini mais attendez vous n'avez encore rien vu.

Il va s'asseoir sur un fauteuil, face à un

impressionnant tableau de commande surpeuplé d'une centaine de boutons multicolores, diodes, voyants lumineux, manettes, rhéostats et commutateurs.

— Prêt ?

— Prêt, je dis en avalant une gorgée de champagne.

Et là, en actionnant successivement divers boutons dont manifestement lui seul connaît la fonction, les trains, jusqu'à présent assoupis, se mettent en branle, prennent de la vitesse, s'arrêtent en gare, repartent, se croisent, disparaissent dans les tunnels, ressortent où on ne les attend pas, dans un bruissement métallique harmonieux et léger. Léon Capliet a sur le visage une expression d'enfant, d'un coup il a douze ans, avec un sourire de gamin devant les vitrines de Noël des Grands Magasins.

— C'est joli, hein ? dit Arlette Capliet.

Elle est dans l'encadrement de la porte, une coupe à la main. Je me rends compte de l'admiration sincère qu'elle a pour la passion de son mari, au lieu de feindre le désintéressement convenu et moqueur que n'importe quelle femme se serait plu à afficher en la circonstance.

— Vous avez fait la nuit ? demande Arlette.

— Chaque chose en son temps, répond Léon.

Je ne sais pas ce que l'expression « faire la nuit » signifie chez les Capliet, je n'ose imaginer quelque turpitude bourgeoise inattendue, mais je n'ai pas à me poser la question bien longtemps, car la lumière se met à baisser dans la pièce, la

baignant dans une progressive pénombre parfaitement maîtrisée, tandis qu'ici et là s'allument les
feux de signalisation, les phares des motrices, les
fenêtres des maisons, l'éclairage public, les publi-
cités lumineuses, dont certaines clignotantes. C'est
proprement incroyable.

— C'est proprement incroyable, je répète à mi-
voix.

— N'est-ce pas ? glisse Arlette.

— Je pourrais rester des heures ici, à regarder
tous les détails, c'est fascinant…

— Sauf que si vous faites ce que vous dites, nous
ne dînerons jamais ! Allez, venez, passons au salon,
vous reviendrez après dîner si vous avez envie.

Nous sortons, elle et moi, monsieur Capliet dit
qu'il nous rejoint dans deux minutes, normal, on
n'arrête pas un tel bastringue en appuyant sur un
seul bouton.

Nous voilà donc au salon. Nous nous asseyons.
Gobons noix de cajou et cacahuètes disposées sur
une table basse. Arlette nous ressert de ce délicieux
champagne, ma coupe, sa coupe, ainsi qu'une
coupe supplémentaire, posée sur le plateau, et
qu'elle emplit à demi.

— Ma fille n'aime pas trop l'alcool, mais ça lui
fera plaisir de trinquer avec nous.

— Votre fille ? Vous avez une fille ?

— Bien sûr, pourquoi pas ? Je ne vous avais pas
dit ?

— Si, si, peut-être… J'ai dû oublier…

— Au fait, je me demande ce qu'elle fait.

Elle se lève, ouvre une porte donnant sur un couloir et appelle :

— Colette, tu viens ? Thomas est là !

«Colette»… ce prénom rebondit dans ma tête comme une balle de jeu vidéo. J'entends un «J'arrive» qui vient de très loin, laissant imaginer un couloir interminable. Léon Capliet, trains à quai, nous rejoint. Je découvre alors, sur le mur derrière moi, le tableau de Marquet, Samaritaine et Pont-Neuf, mais le vrai, grandeur nature. Je suis scié.

— Ça n'est qu'une reproduction, dit Arlette Capliet, sentant bien que je suis sur le cul.

Arrive alors Colette. Oui, cette Colette-là. Celle qui. Celle dont : Colette.

— Bonsoir !

Enjouée. Plus jolie que jamais. Elle vient vers moi. M'embrasse.

— Vous voyez, je vous avais bien dit : jamais deux sans trois.

Je suis muet. Abasourdi. Éberlué. Autant par sa beauté innocente que par l'invraisemblable coïncidence qui vient de me tomber dessus.

— Vous vous souvenez ? me demande-t-elle en me montrant le tableau.

Pas de réponse. Pas un mot. Incapable.

— Vous aimez ?

— C'est… c'est magnifique.

— Notre fille est aux Beaux-Arts, en troisième année, c'est la première fois qu'elle recopie un tableau, c'est pas si mal, non ? Et d'après une carte postale, encore ! ajoute-t-elle, comme pour mieux souligner la performance.

— Vous voulez que je vous montre ce que je fais d'autre ?

J'interroge ses parents du regard, comme pour demander la permission.

— Pas trop longtemps alors, parce que, entre les trains et la peinture, ça va finir par être trop cuit.

Colette me précède dans le long, long couloir que j'imaginais, mon cœur s'emballant en une fraction de seconde, car me revient en rafale la prédiction de la voyante : « Vous ferez une rencontre inespérée, non loin d'une gare, peut-être même dans un train, et toute votre vie en sera bouleversée… »

Comment pouvais-je imaginer que la gare et les trains évoqués étaient celle et ceux de Léon Capliet ? Comment prévoir que la SNCF ne serait pour rien dans cette histoire ? Je regarde Colette qui marche devant moi. Qui se retourne parfois en me souriant, comme pour s'assurer que je suis toujours là, comme pour être certaine de ne pas me perdre. J'en ai les larmes aux yeux. Je ne vois plus rien. Avant de me flanquer dans n'importe quel meuble ou porte entrebâillée, j'avance la main, attrape son poignet, stoppant sa course, retourne Colette vers moi, la prends dans mes bras, la serre contre moi à l'en étouffer, elle répond de même, instantanément, m'enlace, se blottit, se frotte, se réfugie, je ferme les yeux, la respire, nous restons ainsi quelques secondes éternelles, j'écarte mon visage, elle sourit toujours, heureuse, je l'embrasse avec une passion tendre que je ne me soupçonnais pas, qui monte en moi, déborde, nous noie.

— Viens…, me dit Colette en riant.

Nous entrons dans sa chambre de jeune fille, emplie de dessins, esquisses, gouaches, tableaux, sur lesquels je m'extasierai plus tard, elle se laisse tomber sur le lit, m'entraîne avec elle, et me rend mon baiser avec une fougue charmante, qui m'éblouit, me transporte sur des planètes dont j'imagine que personne n'y a encore jamais posé le pied. Mes mains se promènent sur son corps, les siennes en font autant, ce que je fais, elle le fait : je l'embrasse elle m'embrasse, je la caresse elle me caresse, et de là à penser « je l'aime elle m'aime », il n'y a même pas un pas.

Nous marquons une pause, pour reprendre souffle. Je me redresse sur les avant-bras, au-dessus d'elle.

— Colette, je t'aime comme je n'ai jamais aimé personne, est-ce que tu veux bien m'épouser ?

Elle sourit, regarde ailleurs, essuie une larme qui lui vient malgré elle, et me dit :

— Alors, si c'est ça, attends, j'ai quelque chose pour toi.

Dans le couloir en perspective que nous parcourons à présent en sens inverse, et qui nous ramène au monde des adultes situé là-bas tout au bout, une fois nos mises remises, les mains enlacées à nous en faire péter les doigts, ne nous disant plus rien, je me dis qu'une fois de plus André avait raison (« Ce n'est pas en la cherchant que tu la trouveras »), et puis aussi, c'est plus fort que moi, je ne peux m'empêcher de faire un calcul rapide : Colette est en troisième année aux Beaux-Arts, dans le meilleur des cas elle a eu son bac à dix-sept ans, elle a donc vingt ans, ça fait que nous avons dix ans d'écart, ça n'est rien, on a vu pire, et puis quelle importance puisque nous nous aimons.

— À quel âge tu as eu ton bac ? je lui demande.

— À dix-huit ans, pourquoi ?

— Non, comme ça… pour rien…

— Je vais avoir vingt et un ans, si c'est ce que tu veux savoir. Et toi ?

— Quoi, moi ?

— À quel âge tu as passé ton bac ?

— Trente.

— Tu as eu ton bac à trente ans ? ? ?

— Non. Je vais avoir trente. Dans moins de trois semaines.

— Et qu'est-ce qui te ferait plaisir pour ton anniversaire ?

Mais je n'ai pas eu le temps de répondre, nous avons lâché nos mains, ouvert la porte, au moment où les Capliet rafraîchissaient leur coupe.

— Alors, vous aimez ? me demande madame Capliet en parlant des travaux de Colette.

— Oui, infiniment, je réponds en parlant de Colette elle-même.

Et nous passons à table, sinon ça va être pire que trop cuit, carrément cramé.

Nous nous asseyons et, pendant que tout le monde est réuni, avant que les Capliet ne s'éclipsent ici ou là pour aller chercher le vin ou l'entrée, je me racle la gorge et je me lance, comme du plus haut plongeoir, sans avoir tâté la température, sans même savoir s'il y a de l'eau dans la piscine :

— Arlette, Léon, j'ai l'honneur de... (sous la table, j'enfile les gants blancs un peu trop petits que Colette m'a donnés tout à l'heure, quand elle m'a dit « Attends, j'ai quelque chose pour toi »)... j'ai l'honneur de vous... (le gant gauche est enfilé ; j'attaque le droit)... de vous demander... (ça traîne, j'ai du mal, la main droite est toujours un peu plus forte que la gauche, enfin, chez les droitiers)... de vous demander, disais-je... (ça y est, ouf, j'y suis arrivé, j'ai les deux gants)... de vous demander la main de votre fille.

Je me lève, ganté de blanc, et je ne sais pas pourquoi j'ajoute, solennel :

— ... ici présente.

Un truc incroyable, comme dans un rêve, ils sont d'accord, comme à peine surpris, très heureux même, monsieur Capliet décide que nous allons dîner au champagne, c'est pas tous les jours que, et le repas se passe dans une ambiance d'extrême gaieté, j'ai l'impression qu'un nouveau bouchon saute toutes les dix minutes. Après le dîner, je tiens Colette par la taille, elle est contre moi, je vois bien que sa maman est à la fois très heureuse et un peu triste, vaguement triste, cette tristesse lointaine que l'on ressent lorsque, à certaines occasions, on se rend compte que l'on n'a plus l'âge de ses enfants. Quant à son père, qui tient à nous faire tourner à

180

nouveau ses trains, pour fêter ça, se trompant dans les boutons, pour cause de trop de champagne, il provoque une collision spectaculaire, heureusement sans gravité, comme quoi la sobriété est de rigueur si on ne veut pas dérailler.

Colette est collée à moi, je sens le moindre de ses mouvements, la moindre de ses respirations. Je suis heureux. C'est la plus belle soirée de ma vie.

20

Et après

Colette et moi nous nous sommes mariés moins de deux mois plus tard. Ce fut une très belle fête. Personne n'avait jamais vu une mariée aussi jolie.

Madame Capliet m'a dit que la papeterie, ça allait bien comme ça, qu'elle en avait un peu sa claque, et qu'elle me confiait la gérance du Stylo de Vénus, si j'étais d'accord, bien sûr je l'étais. À une seule condition : que ce soit son gendre qui la serve quand elle viendrait au magasin.

Monsieur Capliet nous a donné un petit appartement très coquet, idéal pour un jeune couple, qu'il avait acheté à l'époque du billet de Loto, en même temps que le magasin, dans le même immeuble, trois étages au-dessus. Pratique. Chez lui, son réseau ferroviaire se développe toujours. Il pense l'étendre à la pièce d'à côté.

Ma mère était très heureuse d'avoir une aussi belle belle-fille, mais infiniment triste de ne jamais connaître notre premier enfant, neuf mois, c'était pour elle le bout du monde. En attendant, elle s'est mise à tricoter, tout en laine bleue, comme pour forcer le destin, et persuadée, quand elle monte un rang, qu'elle n'aura jamais le temps de terminer le suivant. Résultat, elle est, bien entendu, toujours là, et nous sommes à la tête d'une impressionnante montagne de layette en laine bleue.

Mon père a enfin réussi un concours, dont il ne nous a jamais dit qu'il le passait pour la huitième fois, et qui lui permet de devenir vétérinaire au zoo de Vincennes. Il revit à l'idée de soigner enfin des tigres, des autruches, des dromadaires, des lamas ou des cobras.

Francine a réussi ses examens. Tous. Même son examen sentimental, puisqu'elle est fiancée à un jeune homme plutôt recommandable. Pas de mariage en vue pour l'instant. Ils veulent vivre quelque temps ensemble pour être sûrs. Je n'aurais, pour ma part, avec Colette, jamais eu la patience de faire une chose pareille.

Louise vit en province, comme prévu, avec son mari. Elle attend un enfant. Elle est passée l'autre jour à la papeterie. Elle est toujours aussi belle, ses jambes n'en finissent toujours pas, elle n'a toujours pas les cheveux courts.

Yvette et Sandrine, comme Double-Patte et Patachon, se sont mises d'accord : elles restent au magasin, même si j'en suis devenu le gérant. En fait, elles m'ont avoué peu de temps après qu'elles avaient eu très peur d'être virées, on se demande bien pourquoi, mais les peurs, c'est comme ça, on ne peut pas les raisonner.

J'ai lu dans un journal un article sur la grande

pianiste noire : elle donne des concerts un peu partout en Europe, au profit des enfants de son pays. Sur scène, elle ne joue pas en peignoir. Les spectateurs ne savent pas ce qu'ils perdent.

Amandine est toujours serveuse chez Raoul. Je vois souvent un jeune type l'attendre sur un scooter, qu'elle enjambe comme on sauterait un cheval-arçons, elle se colle à lui, et ils partent je ne sais où, sans doute faire l'amour dans quelque endroit imprévu, si en tout cas elle a gardé le goût du risque.

Colette continue les Beaux-Arts. Elle est douée. Vraiment douée. Elle a toujours les cheveux courts. Je ne l'ai jamais vue mâcher de chewing-gum. Nous avons récupéré la reproduction Samaritaine-Pont-Neuf pour l'accrocher chez nous, elle a fini par accepter de la signer : « Colette », en bas à droite, avec la même écriture enfantine que celle d'Albert Marquet. Elle travaille à droite, à gauche, fait des trompe-l'œil chez des gens, des portraits de commande d'après des photos qu'on lui remet, peint pour elle, dès que possible, toujours sur le motif, bords de Marne, quais de Seine, péniches, écluses, ponts, rien que des choses figuratives et aquatiques, fera sans doute une exposition plus tard. Alors je me suis remis à l'aquarelle, dont, adolescent, j'avais tâté de loin, et je l'accompagne, appliqué, le cul dans l'herbe.

André est reparti en Inde pour vivre avec sa danseuse-chanteuse-actrice. Il est très heureux. Ne veut plus revenir en France. Je lui ai demandé une photo de son amoureuse en pièce jointe. Il a essayé plusieurs fois de me l'envoyer. Mais je n'ai jamais réussi à l'ouvrir. Alors, nous allons partir là-bas pour faire sa connaissance.

Ce sera notre voyage de noces.

Du même auteur
aux Éditions Albin Michel

RIVA BELLA

Composition réalisée par IGS-CP

Achevé d'imprimer en janvier 2011, en France sur Presse Offset par
Maury-Imprimeur - 45330 Malesherbes
N° d'imprimeur : 161782
Dépôt légal 1re publication : février 2011
LIBRAIRIE GÉNÉRALE FRANÇAISE - 31, rue de Fleurus - 75278 Paris Cedex 06